# The Haunted Castle of Loch Mor – Das Spukschloss von Loch Mor

von Luisa Hartmann

Langenscheidt

München · Wien

Lektorat: Barbara Müller
Muttersprachliche Durchsicht: Elizabeth Langeron
Zeichnungen: Anette Kannenberg
Umschlaggestaltung: init.büro für gestaltung, Bielefeld

*For Barbara, my Scottish friend*
*(she hates bagpipes)*

**www.langenscheidt.com**


Satz: Franzis print & media GmbH, München
Druck: C.H.Beck, Nördlingen

ISBN 978-3-468-20801-0

17032

# Inhalt

# Willkommen im Schloss

Nein!, dachte Britta und kuschelte sich tiefer ins Kissen. Es kann doch nicht schon Morgen sein? Im Bett war es heute besonders gemütlich, sie hatte nicht die geringste Lust aufzustehen. Komisch, ihr Radiowecker spielte aber seltsame Musik. Hatte Paps sich da wieder eine seiner Überraschungen ausgedacht?
Britta öffnete verschlafen die Augen – und starrte auf einen Himmel. Genauer gesagt, auf den Himmel eines Bettes. Verwundert drehte sie den Kopf und schaute sich im Zimmer um. Mit einem Schlag war sie wach. Natürlich! Sie war ja in Schottland.
Es war also kein Traum gewesen: Sie war mit Tante Anja, die mit ihrem Mann in London lebte, und ihren Cousins Chris und Tommy nach Glasgow und weiter ins schottische Hochland zu einem Hotel mit dem Namen *Castle Hotel Loch Mor* gefahren.
Mit einem seligen Seufzer ließ sich Britta ins Kissen zurückplumpsen und bemerkte, dass die Geräusche, die sie schlaftrunken für ihren Radiowecker gehalten hatte, in Wirklichkeit von draußen kamen.
"No, no, no!", rief eine ärgerliche Stimme. "You have to **concentrate**, **otherwise** we'll **never** win."



---

**concentrate** dich konzentrieren
**otherwise** sonst
**never** nie

Jetzt hielt Britta nichts mehr im Bett. Sie stürmte ans Fenster – nur um festzustellen, dass es viel zu hoch für sie war. Sie zog einen der antiken Stühle heran, hoffte, er würde stabil genug sein, und stieg darauf.
Tatsächlich: Vor ihrem Fenster marschierte eine Gruppe Dudelsackbläser und spielte mehr schlecht als recht eine Melodie. Die Männer und Frauen trugen vorwiegend Shorts und T-Shirt und sahen mit ihren karierten Dudelsäcken ziemlich komisch aus. Den Dirigenten schien das aber nicht zu stören. Er war mit dem Ergebnis ihrer Bemühungen absolut nicht zufrieden.
"No, no, no, no!", rief er zum wiederholten Male. "What did I **just** tell you? Concentrate, **for heaven's sake**!"
Britta hätte gerne noch weiter zugeschaut, aber da klopfte es an ihrer Tür.
"Britta, bist du schon wach?", hörte sie die Stimme ihrer Tante.
"Ja", rief Britta und hüpfte vom Stuhl. Sie lief zur Tür und öffnete sie.
"Guten Morgen, mein Schatz", begrüßte Tante Anja sie und gab ihr einen Kuss auf die Wange. "Hast du gut geschlafen?"
"Wie eine Prinzessin", sagte Britta grinsend.



---

**just** gerade
**for heaven's sake** um Himmels willen

"Ja, man fühlt sich wirklich königlich in solchen Zimmern. Man muss schon fast Gemächer sagen", meinte ihre Tante. "Nichtsdestotrotz muss man sich auch in einem Schlosshotel an die Essenszeiten halten. Wir haben nur noch eine knappe halbe Stunde fürs Frühstück."

"Ich brauche fünf Minuten", sagte Britta und sauste ins Bad. Katzenwäsche, Haare bürsten, anziehen, fertig. Als sie ins Zimmer zurückkam, standen Chris und Tommy neben ihrer Mutter.

"Good morning", begrüßte Britta die beiden.

"It isn't fair!", rief Tommy an Stelle einer Antwort. "You've got a **four-poster bed**, and we haven't."

"*You*'re not a princess", zog Chris seinen jüngeren Bruder auf.

"Britta isn't a princess **either**, she's **just** an **ordinary** girl", maulte Tommy und zog einen Flunsch.

"I'm not ordinary", stellte Britta klar und gab ihrem schmollenden Cousin einen Kuss auf die kurzen Stoppelhaare.

Sie eilten durch die dunklen Gänge Richtung Frühstücksraum. Tommy hatte seinen Kummer über Brittas Himmelbett bereits vergessen, denn überall gab es etwas Aufregendes zu sehen.

---

**four-poster bed** Himmelbett
**either** auch (nicht)
**just** nur
**ordinary** gewöhnliches

"Look at the **armour**!", rief er beim Anblick einer Ritterrüstung, die ein kleines Schild mit der Aufschrift *Breakfast* und einem Pfeil darunter in der eisernen Hand hielt.
"Very **convenient**", murmelte Chris. "**It would be easy to get lost here**."
Der Frühstücksraum war eher ein Frühstückssaal, mit einem riesigen Kamin auf der einen Seite und meterhohen Fenstern auf der anderen.
"Wow", sagten alle drei Kinder gleichzeitig.
"Okay, let's have breakfast now and marvel at the details **later**", drängte Tante Anja und ließ sich von einer Bedienung ihren Tisch zeigen.
"Marvel?", fragte Britta Chris. "Marmor?"
Er schüttelte den Kopf. "No, *Marmor* is *marble*. To marvel **means** bewundern."
"Ah, **I see**", erwiderte Britta und setzte sich.
"Good morning, my name is Lesley. Isn't it a **wonderful** day today? I **hope** you had a good night. Here's our breakfast menu."

---

**armour** Rüstung
**convenient** praktisch
**It would be easy to get lost here.** Man könnte sich hier leicht verlaufen.
**later** später
**means** bedeutet
**I see** *hier:* ich verstehe
**wonderful** wunderbarer
**hope** hoffe

Der junge Kellner reichte jedem von ihnen eine Speisekarte.

“What would you like to drink?”

Tante Anja bestellte Kaffee für sich und heiße Schokolade für Britta, Chris und Tommy.

Britta schaute die Speisekarte an und war überwältigt. Das alles gab es schon zum Frühstück?

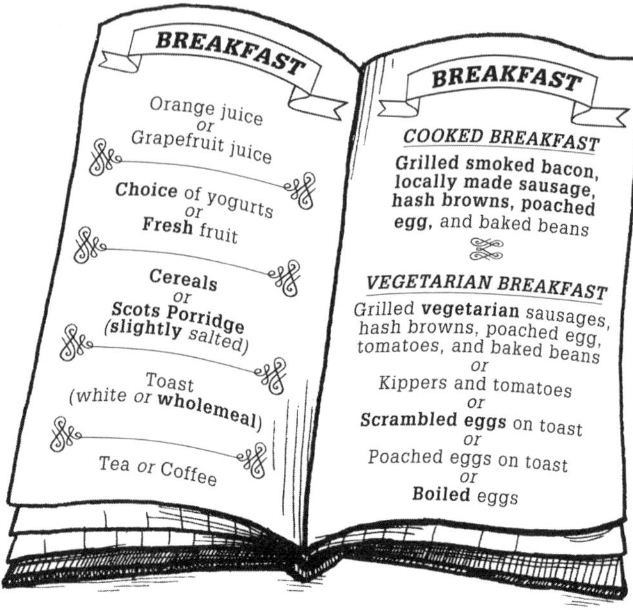


---

**choice** Auswahl
**fresh** frisch
**Cereals** Müsli, auch Cornflakes usw.
**Scots Porridge** schottischer Haferbrei
**slightly** leicht
**wholemeal** Vollkorn
**grilled smoked bacon** gegrillter geräucherter Speck
**locally made sausage** Wurst aus der Region
**hash browns** kleine gebratene Kartoffelwürfel, wie Bratkartoffeln oder Rösti zubereitet
**poached egg** Setzei
**vegetarian** vegetarische
**scrambled eggs** Rührei
**boiled** gekochte

"What are *kippers*?", wollte Britta wissen.
"It's fish, **as far as I know**", sagte Chris.
"Ja, es ist geräucherter Fisch", bestätigte seine Mutter. "Meistens Hering. Hier könnte es jedoch auch Lachs sein. Mmmm, schottischer Wildlachs, den muss ich unbedingt probieren."
"I hate fish", sagte Tommy. "I want **pancakes**."
"Do you see pancakes on the menu?", fragte Chris.
"Oh, that's **no problem at all**,", mischte sich Lesley ein, der ihre Getränke brachte. "Of course we can **serve** you pancakes."
Tommy streckte seinem älteren Bruder die Zunge raus, was ihm eine Rüge seiner Mutter einbrachte.
"I don't know why you can't **behave yourself**", sagte sie und bestellte für sie alle. Britta wollte Rühreier auf Toast.
"**I'm sure** he was **swapped in the hospital**", feixte Chris, als Lesley weg war.
"**And you aren't any better**", wandte sich Tante Anja warnend an ihren Ältesten.



---

**as far as I know** soviel ich weiß
**pancakes** Pfannkuchen
**no problem at all** überhaupt kein Problem
**serve** servieren
**behave yourself** dich benehmen
**I'm sure he was swapped in the hospital.** Ich bin sicher, (dass) er im Krankenhaus vertauscht wurde.
**And you aren't any better.** Und du bist auch nicht besser.

"Are your rooms as big as mine?", fragte Britta, um die Stimmung zu retten.
Es funktionierte. Aufgeregt erzählte Tommy, dass sich in ihrem Zimmer uralte Möbel befanden, vor allem eine riesige Truhe, in der sicher ein Schatz verborgen war.
"Haven't you opened it?", wollte Britta wissen.
"It's **locked**", sagte Tommy betrübt. "But I'll open it before we leave."



---

**locked** abgeschlossen

# Erkundungen

Nach dem Frühstück machten sich die drei auf Entdeckungstour.

"Isn't it **amazing**?", fragte Chris. "I **still** can't believe we're in Scotland."

"Yes", stimmte Britta zu. "But it's true."

"Look at this", rief Tommy und zeigte auf eine Ahnengalerie. "I wouldn't want to **meet** them in the dark."

Britta und Chris gaben ihm recht. Die Bilder waren in düsteren Farben gemalt, und die dargestellten Personen trugen vorwiegend schwarze und braune Kleidung. Nur zwei Gemälde unterschieden sich von den anderen, denn die beiden Männer darauf hatten die traditionelle schottische Kleidung an, den Kilt.

"They look **stupid** in those skirts", sagte Tommy.

"I wouldn't say that too loud in here", ertönte eine Stimme.

Erschrocken fuhren die drei herum. Hinter ihnen stand ein Mann, offenbar ein Handwerker, denn er trug einen Blaumann. Seine Miene war nicht gerade freundlich.



---

**amazing** unglaublich
**still** immer noch
**meet** begegnen
**stupid** blöd, dumm

"Good morning, **sir**", sagte Chris artig. "**He didn't mean it**", verteidigte er seinen Bruder.
"Where are you from?", wollte der Mann wissen.
"London."
"Ah, then you must be Christopher and Thomas Blake", sagte der Handwerker, "and this little **lady** is Britta Schaub from Munich."
Britta wusste nicht, ob sie Angst haben sollte, weil dieser Mann sie offensichtlich kannte, oder ob sie kichern sollte, weil er sie *little lady* genannt hatte.
Tommy war weniger scheu: "How do you know?"
"I'm Alistair McGowan and I work here. And ...", fügte er hinzu, "... I know everything."

Das schien sogar Tommy zu beeindrucken, denn er schwieg.
"**Don't touch anything**", sagte Alistair und schritt davon.
"I don't like him", flüsterte Tommy nach ein paar Minuten.
"**Me neither**", sagte Chris.
"Did you see his nose? **Like a hook**", meinte Tommy.

---

**Sir** Herr; *Anrede für Männer*
**He didn't mean it.** Er hat es nicht so gemeint.
**lady** Dame
**Don't touch anything.** Fasst nichts an.
**Me neither.** Ich auch nicht.
**Like a hook.** Wie ein Haken.

"We could **call** him Hooknose", sagte Chris.
Britta lachte. Chris spielte auf ihr Abenteuer in London an, als sie eine Bande von Geldfälschern gejagt und mangels richtiger Namen Fantasienamen vergeben hatten.
"We know his **real** name", sagte sie bedauernd und schlug vor, die Tour durchs Hotel fortzusetzen.
Sie kamen sich wie auf einer Reise in die Vergangenheit vor. Überall standen alte Ritterrüstungen, bei denen man erst auf den zweiten Blick ein modernes oder praktisches Zubehör entdeckte, wie Hinweisschilder oder versteckte Glühbirnen, die dem Ganzen etwas Gespenstisches verliehen. In regelmäßigen Abständen steckten Fackeln in der Wand, die auch mit speziellen Glühbirnen bestückt waren. In der riesigen Eingangshalle hing ein Kronleuchter mit Kerzen – auf den zweiten Blick ebenfalls elektrische – und im Kamin brannte ein Feuer.
"It's real", staunte Tommy.
"Let's go outside", schlug Chris vor. "We should look for the **training ground**. That's why we're here."
Neugierig folgte Britta ihren Cousins. Sie konnte immer noch nicht glauben, dass sie in Schottland



---

**call** nennen
**real** richtig, echt
**training ground** Trainingsplatz

war. Normalerweise hatte sie nicht solches Glück. Tante Anja hatte bei einem Preisrätsel den Hauptpreis gewonnen: Eine Reise für vier Personen zu den schottischen Hochlandspielen. Da ihr Mann nicht hatte mitfahren können, war ein Platz frei geworden. Da hatten ihre Cousins vorgeschlagen sie mitzunehmen.

"Wow, look at this", sagte Chris in diesem Moment. Der Anblick war wirklich überwältigend: Vor ihnen lag ein kleiner See, dessen Wasseroberfläche grün und türkis schimmerte. Ein sanfter Hang führte hinunter zum Ufer.

"**What a view**", sagte Britta ehrfürchtig. "And it's so quiet here."



Aber mit der Ruhe war es plötzlich vorbei. Um die Ecke des Hotels kam eine Gruppe Trommler marschiert, die versuchte ihre Schritte dem Rhythmus der Trommelschläge anzupassen. Es war jedoch mehr Kuddelmuddel als geordnetes Marschieren. Entsprechend unzufrieden war auch ihr Anführer.

"Can't you **count**, man? It's one, two, one, two. Even the most stupid of you should know how to count to two."

Die drei unterdrückten ein Kichern, als die Gruppe mit ernsthaften Gesichtern an ihnen vorbeimarschier-

---

**What a view** Was für ein Ausblick
**count** zählen

te, aber als sie hinter der nächsten Ecke verschwunden war, gab es kein Halten mehr.
“Must be Americans”, prustete Chris. “**What an awful accent**.”
“Did you see their legs?”, kicherte Britta. “All **out of line**.”
“Well, **try** to do it yourselves, man”, ertönte es beleidigt hinter ihnen. Ein kleiner, dicker Junge in ihrem Alter stand in der Eingangstür und schaute sie grimmig an. Selbst wenn sein Akzent ihn nicht verraten hätte, so hätte es seine Kleidung getan: sackartige Hosen, ein blaues Baseball-Shirt und eine rote Baseball-Kappe. Ein Amerikaner durch und durch.
“Hi, I’m Gordon. I’m from Richmont, Kentucky.”
“Hi Gordon”, sagte Britta. “I’m Britta from Munich, Germany. These are my cousins, Chris and Tommy. They’re from London.”
“When **did you get here**?”, wollte Gordon wissen.
“Last night”, mischte Chris sich ein. “**We haven’t seen much yet**. We wanted to …”
Ein rothaariger Junge und ein Mädchen mit Brille kamen den schmalen Weg vom See hoch.



---

**What an awful accent.** Was für ein furchtbarer Akzent.
**out of line** aus dem Takt
**try** versucht
**did you get here** seid ihr angekommen
**We haven’t seen much yet.** Bisher haben wir nicht viel gesehen.

"Oh, that's Mike and Ciara", sagte Gordon. "Hey, meet my new friends Britta, Chris and Tommy", rief er den beiden zu.
"Hi Mike, hi Ciara", sagten Britta und ihre Cousins.
"Britta **doesn't sound** very English", sagte Mike.
"I'm from Germany", erklärte Britta, die hoffte, auch Mike käme aus Deutschland, denn in ihren Ohren klang sein Englisch dem ihren sehr ähnlich. Aber er machte ihre Hoffnung schnell zunichte.
"I've never met anyone from Germany", sagte er. "I'm from **Wales**, from Betws-y-Coed."
"What?", riefen die anderen Kinder gleichzeitig aus.
Mike seufzte. "Okay, forget it. It's Welsh. Only we can **pronounce** it."
Britta hatte in der Zwischenzeit das Mädchen beobachtet. Sie schien schüchtern zu sein, denn sie schaute die ganze Zeit zu Boden.
"Where are you from, Ciara?", wollte Britta wissen.
Endlich schaute Ciara hoch. "Oh, I'm from Ireland. **Western part**. Cong, **to be exact**."
"Ireland must be very nice", sagte Britta. "I'd like to go there."

---

**doesn't sound** klingt nicht
**Wales** kleines Land im Südwesten Großbritanniens. Die Leute dort sprechen *Welsh*.
**pronounce** aussprechen
**Western part** dem Westteil
**to be exact** um genau zu sein

"You've never been there?", fragte Ciara.
"No, **unfortunately** not. It's also my first time in Scotland."
"Your English is **pretty** good", meinte Gordon anerkennend, was Ciara und Mike sofort bestätigten.
"Thank you", erwiderte Britta bescheiden.
"**No wonder**, I'm her teacher", rief Chris lachend. "And where are *you* from?"
"London", sagte Tommy.
"So, **what's going on here**?", fragte Chris. "**Anything exciting**?"



---

**unfortunately** leider
**pretty** ziemlich
**No wonder** Kein Wunder
**What's going on here?** Was ist hier (so) los?
**Anything** Irgendetwas
**exciting** aufregend

# Seltsame Spiele

"**Apart from** the training, it's pretty boring here", sagte Mike.

"But it's fun to watch it", ergänzte Gordon.

"Where do they train, **anyway**?", wollte Chris wissen.

"Behind the **woods**", meinte Mike und zeigte auf einen dicht bewaldeten Hügel schräg hinter dem Hotel. "**It takes about** five minutes to get there. **We've already been there** this morning."

"What about the lake?", fragte Britta. Es war zwar nicht gerade warm, aber das Wasser sah so verlockend aus.



"It's **way too cold** to swim", sagte Gordon. Er schüttelte sich.

"I'd like to see them training", sagte Chris und schaute Britta und seinen Bruder fragend an.

"Me too", erwiderte Britta. Sie wollte vor allem etwas Ruhe haben. Es war sehr anstrengend sich auf die unterschiedlichen Dialekte konzentrieren zu müssen.

---

**apart from** abgesehen von
**anyway** überhaupt
**woods** Wald
**it takes** man braucht
**about** etwa, ungefähr
**We've already been there** Wir waren schon da
**way too cold** viel zu kalt

"Okay, **folks**, see you later!", rief Gordon und verschwand im Haus.
Ciara murmelte etwas, das keiner von ihnen richtig verstand, und Mike hatte offensichtlich auch keine Lust, noch einmal zum Übungsplatz zu gehen.
"Puh, das war anstrengend", seufzte Britta, als sie alleine waren.
"You **did a great job**", lobte Chris sie.
"The American – what's his name again?"
"Gordon."
"Yes, Gordon. I can **hardly** understand him. He … verschlucken?"
"Swallows", sprang Chris helfend ein.
"He swallows **half of** what he says."
Chris lachte. "**We're lucky** he isn't from Texas. I've heard they speak **even worse** there." Er imitierte den texanischen Dialekt.
"Okay, I'm **glad** he's not from Texas", gab Britta lachend zu. "Let's go to this training **place**."
"Training ground", verbesserte Chris.



---

**folks** Leute
**did a great job** hast dich prima geschlagen
**hardly** kaum
**half of** die Hälfte von dem
**We're lucky** Wir haben Glück
**even worse** noch schlimmer
**glad** froh
**place** Ort

Sie liefen Richtung Wald, der dann doch größer war als erwartet. Es war fast ein wenig unheimlich. Tommy, der die ganze Zeit vor sich hingesummt hatte, wurde plötzlich schweigsam und suchte die Nähe seines Bruders. Aber es dauerte nicht lange, da hörten sie die ersten Rufe und Schreie vom Trainingsplatz. Endlich lichtete sich der Wald und gab den Blick auf eine riesige Lichtung frei, auf der seltsame Dinge vor sich gingen.

Männer mit gewaltigen Muskeln balancierten Baumstämme auf ihren Händen und warfen sie anschließend durch die Gegend. Andere Männer standen vor zwei Pfosten mit einer Querlatte darauf – es ähnelte der Hochsprunganlage zu Hause, nur dass die dicke Matte fehlte – und warfen große Steine darüber. In einer anderen Ecke wurden ähnlich große Steine weit geworfen. Alles in allem ähnelte das Gelände eher einem Sandkasten für Erwachsene als einem ernst zu nehmenden Trainingsplatz.

"What are they doing?", fragte Britta mit offenem Mund.

"Welcome to the Scottish Highland Games", grinste Chris.

Britta starrte ihn ungläubig an. "You mean …?" Sie konnte es gar nicht fassen. Erwachsene Männer, die mit Baumstämmen und Steinen spielten? Da hatte sie sich aber etwas ganz anderes vorgestellt.

"Don't say anything **nasty** about it", bat Chris. "**They take this very seriously**."
"Hmpf", machte Britta. Tommy war in der Zwischenzeit um den Platz gewandert. Einer der Athleten winkte ihn heran und zeigte ihm, wie er einen Stein umfassen und werfen musste. Der Stein war viel kleiner als der für die Erwachsenen, dennoch hatte Tommy größte Probleme ihn überhaupt hochzuheben. Als er ihn endlich auf Hüfthöhe hatte, ließ er ihn sofort wieder fallen.
Britta und Chris grinsten.
"He **seems** to have Scottish **blood**", meinte Britta.
"I've always said they made a mistake at the hospital", erwiderte Chris. Aber Britta wusste, dass er insgeheim stolz auf seinen kleinen Bruder war.
"Okay, let's go see the **different** games", sagte Chris. "I think this one's called *Tossing the Caber*", erklärte er, als sie beim Baumstammwerfen ankamen. "*Caber* means *Baumstamm*."
"And *to toss* is *werfen*", mutmaßte Britta.
"Yes."
Sie gingen langsam um den Platz herum, immer auf der Hut vor fliegenden Baumstämmen oder Steinen.

---

**nasty** gemein
**They take this very seriously.** Sie nehmen das sehr ernst.
**seems** scheint
**blood** Blut
**different** verschiedene

"I don't know what this one's called, but I'd say *Throwing the Stone*", sagte Chris, als sie bei den Steinwerfern angelangt waren.
"No, it's *Throwing the* ***Weight***", erklärte Tommy, der sich ihnen wieder angeschlossen hatte. "I've asked", ergänzte er vorsichtshalber.
Sie schauten den Männern eine Weile zu. "I don't see any women", sagte Britta plötzlich. "I mean, no women athletes."
"It's **probably** a game for men", meinte Chris achselzuckend.
"Well, women don't do stupid things like throwing stones or cabers", gab Britta lachend zurück.
"Pah, these're real men, y'know", erwiderte Chris in breitem amerikanischen Dialekt. 
Einer der Männer beim Steinhochwurf schaute zu ihnen herüber und rief ihnen etwas zu.
"What did he say?", wollte Britta wissen.
"I have **no idea**", zischte Chris. "Must be Scottish."
Sie winkten dem Mann zu, der sich zum Glück damit zufrieden gab.
"Let's go to the lake", schlug Britta vor, die sich allmählich langweilte.
"It's a loch", sagte Tommy.

---

**weight** Gewicht
**probably** wahrscheinlich
**no idea** keine Ahnung

"What?"
"It's **pardon me**, Britta", erinnerte Chris sie.
"Yes, I know. But sometimes I forget", gab Britta zerknirscht zu. Trotzdem wiederholte sie folgsam: "Pardon me?"
Tommy grinste.
"Don't laugh", fauchte Britta gespielt böse. "I know I'm not perfect."
"That's okay", meinte Tommy großzügig. "Now, do you want to know why it's a loch?"
Britta nickte.
"A Scottish lake is called a loch", erklärte Tommy, stolz auf sein Wissen.
"You mean *loch* like the German word *Loch*?", hakte Britta nach. Natürlich wusste sie längst, was Tommy ihr da gerade ernsthaft erklärte, immerhin gab es doch das Monster von Loch Ness. Aber in ihren Ohren klang das nun mal komisch, einen See als Loch zu bezeichnen, auch wenn es gar nicht so abwegig war, denn immerhin war ein See ja ein Loch im Boden.
"... not listening to me", klagte Tommy.
"**Sure**, I'm listening to you", sagte Britta. "Then let's go to the loch", schlug sie erneut vor, bevor Tommy auf die Idee kam sie abzufragen.



---

**pardon me** Verzeihung
**Sure** sicher

Chris entdeckte einen anderen Weg, der in die Richtung des Sees führen musste, und zu ihrer großen Erleichterung war der Wald an dieser Stelle nicht so dicht und unheimlich. Als sie am Waldrand ankamen, lag der See wie ein türkisfarbener Spiegel zu ihren Füßen.
"**Lovely**", sagte Britta.
"It's just an ordinary lake", meinte Chris abschätzig, und verbesserte sich sofort: "Ordinary loch."
"Does it have a name?", wollte Britta wissen.
Chris zuckte nur mit den Schultern, aber Tommy sagte: "It's called Loch Mor."
"How do you know?" Chris sah seinen Bruder erstaunt an.
"The name of the hotel", erinnerte er die beiden. "And I've asked", fügte er hinzu.
"And do you know what it means?", fragte Britta.
"Big. Mor is Scottish and means big. There are smaller lochs **around here**, but this one's the biggest."
Loch Mor, großer See. Schöner Name, dachte Britta.



**lovely** herrlich, schön
**around here** in dieser Gegend, hier in der Nähe

# Gespenster

Am Nachmittag trafen sie die anderen Kinder wieder. Mike schlug vor Verstecken zu spielen.
"There are perfect **hiding places** here", sagte er.
Außer Gordon waren alle damit einverstanden, weshalb Mike mit einem walisischen Abzählreim den ersten Sucher auszulosen begann.
"Let's do it **in pairs**", unterbrach ihn Ciara.
"That's a good idea", stimmte Britta sofort zu, die den Verdacht hatte, Ciara hatte Angst, allein durch das Schloss zu laufen. Die dunklen Gänge mit den vielen Rüstungen waren auch ihr ein bisschen unheimlich.
"Why don't the girls start looking for the boys?", fuhr Britta fort. "What do you think, Ciara?"
Das andere Mädchen schaute sie dankbar an.
"Great idea", grinste Mike, der seiner Miene nach zu schließen irgendetwas im Schilde führte. Als keiner widersprach, sagte er: "Okay, you count **till** 100 and then you can start."
"Wait", meinte Britta. "You can **only** hide inside, okay? I mean …" Sie wandte sich Hilfe suchend an



---

**hiding places** Verstecke
**in pairs** zu zweit
**till** bis
**only** nur

Chris, aber Ciara fuhr für sie fort: "Yes, only inside and on the **ground floor**. This house is so big, we would need **ages** to find you."
"Okay, no problem", sagte Mike und die anderen Jungs nickten zustimmend.
"We'll stay in the **entrance hall** and count till 100, and then we'll start looking for you. No locked doors, okay?"
Als sie sich einig waren, gingen Britta und Ciara in die Eingangshalle und setzten sich neben das Kaminfeuer, das dem riesigen Raum eine gemütliche Atmosphäre gab.
Britta sagte: "I think we can **skip** the counting. We'll give them two minutes, that should be **enough**."
Ciara nickte nur.
"Are you sad?", fragte Britta vorsichtig. Das irische Mädchen machte wirklich keinen glücklichen Eindruck.
"**I miss** my horse", erwiderte sie zu Brittas Verwunderung.
"Your horse?", fragte sie deshalb vorsichtshalber nach.



---

**ground floor** Erdgeschoss
**ages** eine Ewigkeit
**entrance hall** Eingangshalle
**skip** auslassen
**enough** genug
**I miss** mir fehlt

“Yes, at home I have a horse. She’s called Blue Lady, and I miss her very much.” Zum ersten Mal funkelten Ciaras Augen. “I ride her every day, and it’s the first time we’ve been **apart**.”
“**Too bad** you don’t like it here”, sagte Britta.
“Oh, **don’t get me wrong**”, meinte Ciara. ”I love being here. I would **just** love to have my horse here too.”
Britta hatte Angst vor Pferden und suchte gerade nach den passenden Worten, um Ciara davon zu erzählen, da schaute Ciara auf die Uhr, die über dem Kamin hing. “I think we should go now. Do you want to?”

Britta zögerte kurz und schüttelte dann den Kopf. “**To be honest**, no.”
“Me neither”, gestand Ciara. “Let them think we’re too stupid to find them.”
Sie kicherten und kuschelten sich tiefer in die gemütlichen Ohrensessel.
“**How come** you’re with your cousins?”, fragte Ciara schließlich.
Und Britta erzählte von Tante Anjas Hauptgewinn.

---

**apart** getrennt
**too bad** wirklich schade, (dass)
**don’t get me wrong** versteh mich nicht falsch
**just** einfach
**to be honest** um ehrlich zu sein
**How come** Wie kommt es, dass

"And my dad **let** me come", schloss sie glücklich. "The day before yesterday was the last day of school, so I **missed** one day, but I don't miss it at all." Sie kicherte, als ihr das Wortspiel auffiel, das sie gerade benutzt hatte.

"What about your mum?", fragte Ciara vorsichtig.

"She lives in Vienna. My parents are **divorced**", erwiderte Britta.

"I'm so sorry", sagte Ciara und man hörte ihr an, dass sie es auch meinte. "I didn't want to hurt you."

"That's okay", sagte Britta leichthin, obwohl sie immer noch nicht gerne darüber redete. Dabei war es jetzt schon über vier Jahre her, dass sich ihre Eltern getrennt hatten. Und seit ihre Mutter vor eineinhalb Jahren wieder geheiratet hatte, war endgültig klar, dass ihre Eltern nicht mehr zusammenkommen würden. Trotzdem war es hart, das zu akzeptieren.

"Let's go", sagte sie und sprang auf.

Ciara folgte ihr. "Where shall we start?"

"Let's do it syst… syst…"

"**Systematically**?"

"Yes, let's do it **that way**", sagte Britta.



**let** erlaubte
**missed** habe verpasst
**divorced** geschieden
**systematically** systematisch
**that way** so

Sie lächelten sich an, und Britta wusste, sie hatte eine neue Freundin gefunden.
Sie liefen durch die Gänge und schauten in jeden Raum, dessen Tür nicht abgeschlossen war.
"It's **impossible** to find **someone** in this **maze**", klagte Ciara nach gut zwanzig Minuten fruchtlosen Suchens.
"Yes, they could be hiding **anywhere**", stimmte Britta zu.
"Do you think they've climbed into a **suit of armour**?", flüsterte Ciara, als sie vor einer riesigen Rüstung standen.
Britta näherte sich vorsichtig der Rüstung, immer darauf gefasst, dass sie plötzlich lebendig würde. Sie tastete die Rückseite ab und meinte dann: "No, I don't think so. It's **fixed** to the wall."
"Good", sagte Ciara sichtlich erleichtert.
"But ...", fuhr Britta leise fort, "... it's **possible** to hide behind them. Probably not for Gordon, but Tommy's small enough."
Ciara machte ein Geräusch, das alles Mögliche be-

---

**impossible** unmöglich
**someone** irgendjemand
**maze** Labyrinth
**anywhere** überall
**suit of armour** Rüstung
**fixed** befestigt
**possible** möglich

deuten konnte. Auch Britta war nicht wohl bei dem Gedanken, einer der Jungs könnte sich plötzlich von hinten anschleichen und sie erschrecken.

"I hate **hide and seek**", gestand Ciara leise. "And it's **spooky** in here."

"Let's go to the … the room with all the books?"

"Library", sprang Ciara helfend ein.

Britta nickte. "Yes, to the library. I like it there."

Aber sie kamen nicht weit, denn hinter ihnen ertönte auf einmal ein furchtbares Geräusch. Beide Mädchen kreischten laut auf und rannten davon. Britta drehte sich kurz um und sah etwas Weißes hinter ihnen herlaufen.

"Go, go, go", rief sie Ciara zu. "It's a ghost!"

Sie rannten so schnell sie konnten und wurden plötzlich gestoppt.

"What's going on in here?", fragte eine tiefe Stimme.

Nicht auch das noch, dachte Britta. Der Hausmeister.

Tatsächlich stand Alistair McGowan vor ihnen und hielt Ciara am T-Shirt fest.

"What's going on?", wiederholte er seine Frage.

"It's a ghost", sagte Ciara mit bebender Stimme und begann zu weinen.

"This place is not a playground", sagte Alistair böse.



---

**hide and seek** Versteckspiel

**spooky** gruselig

Blödmann, dachte Britta und hätte ihm am liebsten die Zunge herausgestreckt. Sie nahm Ciaras Hand und drückte sie.
"Can't you see she'**s frightened**?", fauchte sie den Schotten an und zog Ciara zu sich, sodass er sie endlich los ließ.
"Why don't you go outside to play?", gab Alistair zurück.
Britta sagte nicht, dass ihr das auch lieber gewesen wäre. Aber die Jungs ...
"If you don't like children, you shouldn't **invite** them here", erwiderte sie stattdessen frech.
Inzwischen war auch der angebliche Geist angekommen. Es war – natürlich – Mike.
"**What's wrong**?", wollte er wissen, nachdem er sich aus dem Leintuch gekämpft hatte.
"Mister McGowan doesn't like children", sagte Britta.
"I never said that", protestierte der Schotte.
"You don't need to say it. We can feel it." Britta war jetzt richtig sauer. Sie wandte sich Ciara und Mike zu. "Let's go outside where we won't **bother** him."

---

**is frightened** hat Angst
**invite** einladen
**What's wrong?** Was ist los?
**bother** stören

# Unheimliche Geräusche

Britta wälzte sich in ihrem Bett hin und her. Sie hatte den Rest des Nachmittags mit Ciara am Loch verbracht, wo ihr diese von Blue Lady vorschwärmte, während die Jungs den Athleten beim Training zusahen. Dann war es Zeit zum Abendessen gewesen. Doch nicht die Berge von superleckerem Nachtisch, die sie verdrückt hatte, waren schuld daran, dass sie jetzt nicht einschlafen konnte. Nein, sie war immer noch wütend auf Alistair, der sich offensichtlich einbildete, das Schloss gehöre ihm. Aber sie war auch wütend auf Mike, der sie mit seinem kindischen Streich so erschreckt hatte. Sie hätten damit rechnen müssen, aber trotzdem war es so unheimlich gewesen, als dieses weiße Etwas im Gang auftauchte.
Britta schauderte und kuschelte sich in ihre Decke. Vom offenen Fenster her kam ein kalter Lufthauch, aber um nichts in der Welt wäre sie jetzt aufgestanden, um das Fenster zu schließen. Insgeheim bedauerte sie, dass sie nicht doch ein Zimmer mit Tante Anja genommen hatte. Aber sie war so stolz gewesen, als man ihr ein Einzelzimmer angeboten hatte, dass sie es unmöglich ablehnen konnte.
Es gibt keine Gespenster, das sind alles nur Ammenmärchen, dachte sie und schloss die Augen.
Plötzlich öffnete sich leise quietschend die Tür. Britta erstarrte. Sie wagte kaum zu atmen. Schaute Tante

Anja noch einmal nach ihr? Aber sie hatte die Tür abgesperrt. Hatte sie doch, oder?
Flach atmend lag sie in ihrem Bett. Ein riesengroßer Geist schwebte auf sie zu, der mit schottischem Akzent rief: "I'm a ghost, I'm a ghost. Why don't you believe me?"
Fast hätte sie gelacht. Das konnte nur der Hausmeister sein, der ihr einen blöden Streich spielte.
"**Leave me alone**, I don't believe in ghosts", wollte sie sagen, aber sie brachte keinen Ton heraus.
Der Geist beugte sich über sie und machte dabei ein unheimliches Geräusch. Britta schloss die Augen und schrie.
Als sie die Augen wieder öffnete, war sie erleichtert, dass alles nur ein Traum gewesen war. Kein Geist schwebte in ihrem Zimmer herum, schon gar keiner, der Schottisch redete. Lächerlich, sich von dem Hausmeister und Mike so aus der Fassung bringen zu lassen. Trotzdem zog Britta die Decke fester um sich. Sie war gerade kurz vorm Einschlafen, als sie es hörte.
Es war ganz eindeutig das Geräusch aus ihrem Traum, aber sie träumte nicht mehr, sie war wach. Britta setzte sich im Bett auf und zwickte sich.
"Aua", rief sie und war erleichtert und besorgt zugleich. Was war das nur für ein furchtbarer Laut?



---

**Leave me alone.** Lass mich in Ruhe.

Es erinnerte an … Sie lauschte, aber jetzt war nichts zu hören.
Ich bilde mir das nur ein, dachte sie und legte sich wieder hin. Doch kaum lag sie, begann das Geräusch erneut. Es war leise, aber dennoch deutlich zu hören. Britta lief es eiskalt den Rücken herunter.
Denk logisch, ermahnte sie sich. Es gibt keine Geister, das weißt du. Analysiere das Geräusch. Sie zwang sich genau hinzuhören. Mal war es leiser, mal lauter und mal hörte es ganz auf. Doch immer wenn Britta dachte, jetzt sei der Spuk vorbei, begann es erneut.
Der Wasserhahn? Britta wusste von der ersten Wohnung ihrer Mutter in Wien, dass die Wasserleitungen in alten Häusern schreckliche Töne von sich geben konnten. Sie könnten es locker mit einem schottischen Schlossgespenst aufnehmen.
Trotz ihrer Angst musste sie grinsen, als sie sich den Wettkampf zwischen einer wild gewordenen Wasserleitung und einem Geist vorstellte.
Es war schnell klar, dass an Schlaf nicht mehr zu denken war. Ob ihre Cousins und Tante Anja auch etwas hörten? Ihre Tante vermutlich nicht, sie behauptete immer, neben ihr könne ein Düsenjäger starten, ohne sie aufzuwecken. Und Chris?
Britta nahm all ihren Mut zusammen und kletterte aus ihrem Bett. Die Schublade der alten Kommode gab einen hässlichen Ton von sich, als sie ihre Taschenlampe suchte. Paps hatte sie ihr mit den Wor-

ten mitgegeben: "Man weiß nie, wozu man sie brauchen kann."
Es war kalt. Britta zog einen Pulli über und schlüpfte in ihre Sandalen. Bevor sie das Zimmer verließ, leuchtete sie mit der Taschenlampe in alle Ecken. Wie erwartet saß nirgends ein Gespenst und grinste sie an.
Leise öffnete sie die Tür, streckte den Kopf hinaus und leuchtete auch den Gang mit ihrer Taschenlampe ab. Es war noch finsterer und unheimlicher als tagsüber, aber der helle Strahl ihrer Lampe gab Britta den Mut, die paar Schritte zum Zimmer ihrer Cousins zu gehen. Sie klopfte zaghaft.
"Chris?", flüsterte sie leise und presste ein Ohr an die Tür. Nichts zu hören. Sie klopfte noch einmal. Da, waren da nicht Schritte? Und obwohl sie darauf gehofft hatte, erschrak sie furchtbar, als sich die Zimmertür öffnete und Chris seinen verwuschelten Kopf durch den Spalt schob.
"What's wrong?", fragte er verschlafen.
"Did you hear that **noise**?", flüsterte Britta.
Chris war sofort hellwach. "It was real?", rief er, woraufhin Britta ihm den Mund zuhielt und auch noch "Psssst" machte. Sie versuchte in das Zimmer zu sehen.
"Is Tommy **awake**?"

---

**noise** Geräusch
**awake** wach

Chris schüttelte den Kopf. "No, **he's fast asleep**", sagte er.

"Let's go to my room. Something's going on here."

Chris murmelte irgendetwas und verschwand. Zwei Minuten später stand er vollständig bekleidet in der Tür und folgte Britta in ihr Zimmer.

"So you heard it too", sagte er und setzte sich aufs Bett.

"I'm not sure", gab Britta zu und setzte sich neben ihn. "I was dreaming of this man, Alistair. He was a ghost or **at least** he was **trying to convince me**

---

**he's fast asleep** er schläft tief und fest
**at least** zumindest, wenigstens
**trying to convince me** versuchte, mich davon zu überzeugen

that he was one. Then I heard that noise. I thought it was in my dream, but then I woke up and it was still there."

"I, too, heard something but I also thought it was a dream", sagte Chris gähnend. "Can you **describe** it?"

"It **sounds like** an old … Wasserleitung?"

"Water pipe", sagte Chris automatisch. Dann stockte er. "A water pipe? What does an old water pipe sound like? I've never heard one, I don't think."

Britta dachte nach. Wie beschrieb man das am besten?

"It's **a bit** like singing, but not nice singing. It's **awful** singing." Sie schüttelte sich. "It has a very high **pitch**, but there's also this **sudden** noise, like something**'s breaking**."

"A **cracking noise**?", schlug Chris vor.

Britta zuckte mit den Schultern.

"Okay, I think I can **imagine** it", meinte Chris.



---

**describe** beschreiben
**sounds like** klingt wie
**a bit** ein bisschen
**awful** schreckliches
**pitch** Ton
**sudden** plötzliches
**is breaking** zerbricht
**cracking noise** Krachen
**imagine** (mir) vorstellen

"And this here sounds **the same**?"
Britta schüttelte den Kopf. "No. It's more like a **growling**. But it **keeps changing**." Verzweifelt suchte sie nach Vergleichen. Dann sagte sie plötzlich: "Why don't you just listen to it? It's here again."
Sie schwiegen eine Weile. Tatsächlich ertönte nach kurzer Zeit das seltsame Geräusch.
"Sounds interesting", meinte Chris schließlich.
"Interesting?", gab Britta zweifelnd zurück.
"It may be the wind", sagte Chris.
"It may be", gab Britta zu, machte aber mit ihrem Ton klar, dass sie das nicht glaubte. Und auch Chris schien es nicht zu denken.
"What shall we do?", fragte sie.
Chris grinste. "Play detective once again?", neckte er sie.
Britta grinste zurück. "Why not? Last time I was right, wasn't I?"



**the same** gleich
**growling** Brummen
**keeps changing** ändert sich immer wieder

# Loch Mor

Als Britta am nächsten Morgen vom Gesang der Vögel erwachte, dachte sie, sie hätte alles nur geträumt. Alistair als Gespenst war wirklich dumm, und sich durch ein Geräusch so aus der Fassung bringen zu lassen, noch mehr. Doch dann sah sie Chris' Schuhe vor ihrem Bett stehen, die dieser in der Nacht dort offensichtlich vergessen hatte, und wusste: zumindest das Geräusch war kein Traum gewesen.
Sie stand auf und trat ans Fenster. Es war noch sehr früh und auch sehr kalt. Britta bekam Lust auf einen Morgenspaziergang. Sie suchte ein paar Klamotten zusammen, zog sich an und schrieb einen Zettel für ihre Tante, damit sich keiner Sorgen machte.
Im Hotel regte sich kaum etwas, nur im Erdgeschoss hörte Britta klappernde Geräusche aus der Küche. Sie verließ das Haus durch eine Seitentür, die man ihnen bei der Ankunft gezeigt hatte.
Britta gönnte sich ein paar Minuten auf dem Vorplatz des Hotels, auf dem vermutlich bald wieder die Dudelsackbläser hin- und hermarschieren würden. Der Blick auf Loch Mor war Atem beraubend, und für ein paar Momente fühlte Britta sich wie in einem Märchen. Es hätte sie nicht gewundert, wenn plötzlich ein Ritter vor ihr aufgetaucht wäre.
"Du bist albern, Britta", sagte sie lachend und machte sich auf den Weg zum See.

Das Wasser war eisig, aber sehr klar, sodass sie die vielen Fische sehen konnte.
“Good morning”, sagte eine leise Stimme hinter ihr.
Britta drehte sich um. Da stand Ciara und lächelte sie schüchtern an.
“Good morning”, erwiderte Britta und lächelte zurück.
“You’re up very early”, meinte Ciara und ging neben Britta in die Hocke.
“You, too”, sagte Britta, der es schwerfiel, schon am frühen Morgen auf Englisch zu denken.
“Yes. **I’m not used to such a huge bed**, and I also missed my sister.”
Ciara schien nicht gern an einem fremden Ort zu sein. Sie vermisste nicht nur ihr Pferd, sondern auch noch ihre Schwester.
“How nice! You have a sister?”, rief Britta, die sich selbst immer Geschwister gewünscht hatte.
Ciara kicherte. “I have three sisters and two brothers.”
Britta rechnete ungläubig nach. Sechs Kinder? Wow.
“Do you have any brothers and sisters?”, fragte Ciara.
“No”, erwiderte Britta.
“**That’s a pity**”, meinte Ciara mitfühlend.

---

**I’m not used to such a huge bed.** Ich bin an so ein riesiges Bett nicht gewöhnt.
**That’s a pity.** Das ist schade.

"How old are your brothers and sisters?"

"I have one younger sister, but **all the others** are older than me", erklärte Ciara. "One of my older sisters is here with me, because my parents couldn't **leave** the farm."

"You live on a farm?" Das hatte Ciara gestern gar nicht erzählt.

Ein stolzes Lächeln huschte über Ciaras Gesicht. "Yes, my parents have a farm. It's in the west of Ireland. It's beautiful there." Sie seufzte.

"You like it a lot, don't you?"

"Yes, I love it. I know it's stupid", versuchte Ciara sich zu verteidigen. "I'm here for only a week, but I've never been away from home. It's my **very first** time, and **I'm so homesick**."

Britta konnte sich gar nicht vorstellen, dass Ciara noch niemals verreist war. Seit ihre Eltern sich getrennt hatten, reiste sie ständig von einem zum anderen.

Auch Britta seufzte, woraufhin Ciara zu lachen begann.

"What?", wollte Britta wissen.

"We're like two old ladies who sit and **complain** all day", sagte Ciara.

---

**all the others** alle anderen
**leave** verlassen
**very first** allererstes
**I'm so homesick.** Ich habe so ein Heimweh.
**complain** jammern

"You're right", stimmte Britta in das Lachen mit ein.
"It's too nice here to be sad, right?"
"Right."
"Can I ask you something?", wechselte Britta das Thema.
"Sure."
"Did you hear anything **strange** last night?"
Ciara dachte nach. "No, I don't think I heard anything", sagte sie nach einer Weile achselzuckend. "I **slept like a log**. Why?"
Britta zögerte. Sollte sie der Irin von den seltsamen Geräuschen erzählen?
"Did I miss something?", fragte Ciara nach.
"I heard a very strange noise", sagte Britta zögernd und versuchte erneut die seltsamen Töne zu beschreiben. Ciara schien das eher aufregend als beunruhigend zu finden.
"And I dreamed of this **guy**, Alistair." Schnell erzählte Britta ihrer neuen Freundin von ihrem merkwürdigen Traum. Jetzt, bei helllichtem Tag am See, erschien das Britta so komisch, dass sie dabei kichern musste. Ciara stimmte ein. Beide brauchten eine Weile, bis sie sich wieder beruhigt hatten, dann fragte Ciara plötzlich:



---

**strange** seltsam
**slept like a log** habe wie ein Stein geschlafen
**guy** Kerl

"What about the noise?"
"What about it?"
"**What are we going to do**?"
Britta und Chris hatten die halbe Nacht darüber beratschlagt und beschlossen dem Ganzen am folgenden Abend nachzugehen.
"Chris and I want to **find out** where it's coming from", sagte Britta deshalb.
"Can I come too?", fragte Ciara vorsichtig.
"Sure", rief Britta. "We wanted to meet after dinner. I have **my own** room, so we can meet there."
"Great, I'll be there", sagte Ciara mit leuchtenden Augen. "I'm a **scaredy-cat**, but I love **adventures**."



---

**What are we going to do?** Was werden wir tun?
**find out** herausfinden
**my own** mein eigenes
**scaredy-cat** Angsthase
**adventures** Abenteuer

# Wo geht's zum Keller?

Britta war todmüde von der langen Wanderung, die sie mit Tante Anja nach dem Frühstück gemacht hatte, und sie hatte Mühe ihre Augen offen zu halten. Zwar hatte sie sich am Nachmittag kurz hingelegt, aber der Gedanke an das bevorstehende Abenteuer hatte sie nicht schlafen lassen. Trotzdem würden keine zehn Pferde sie jetzt davon abhalten, dem Geheimnis des Schlosses auf die Spur zu kommen.

Allerdings würden bei dem Geflüster und Gekicher der anderen die Erwachsenen schnell aufmerksam werden. Zum wohl hundertsten Male machte Britta "Pssssst", aber die anderen hörten einfach nicht auf sie.

Nicht nur Ciara hatte sich ihnen angeschlossen, sondern auch Mike und Gordon, nachdem Chris ihnen von ihrem Plan erzählt hatte. Und Tommy wollte natürlich nicht zurückgelassen werden.

"Hey, **shut up**", rief Gordon leise. "If we talk all the time, we won't hear anything."

Das schien alle zu überzeugen, und so schlichen sie auf Zehenspitzen mit ihren Taschenlampen durch die dunklen Gänge. Es war bereits nach elf, und die



---

**shut up** haltet den Mund

meisten Hotelgäste waren in ihren Zimmern. Nur ein paar Hartgesottene saßen noch in der Bar und genossen vermutlich den schottischen Whisky.
Am meisten fürchtete Britta, Alistair könne ihnen über den Weg laufen. Dieser Mann schien überall zur selben Zeit zu sein. Richtig unheimlich. Ciara fand ihn eigentlich ganz nett. "He's got **gentle** eyes", hatte sie gesagt, als Britta ihr von ihren Bedenken erzählte. Gentle eyes? Na, hoffentlich wusste der Typ das auch.
Das Geräusch war kurz nach zehn aufgetreten, ein paar Minuten später hatten sich alle Kinder in Brittas Zimmer versammelt. Es gab ein paar Streitereien über das Vorgehen, aber Chris setzte sich schließlich durch. Immerhin hatten er und Britta schon Erfahrung im Detektivspielen.
Aber da waren wir auch nur zu zweit, dachte Britta, während sie den anderen hinterherschlich. Ihr kam es vor, als trampelte eine Herde Elefanten durch das Hotel. Aber entweder schliefen alle schon oder sie hatten Angst aus ihren Zimmern zu kommen. Glaubten die Erwachsenen womöglich auch an Gespenster?
"Stop!", flüsterte Mike plötzlich.
"What's going on?", wollte Chris wissen.
"There's someone coming", gab Mike zurück und



---

**gentle** sanft, gutmütig

presste sich eng an die Wand. Die anderen taten es ihm gleich. Atemlos lauschten sie auf die Schritte, die sich unaufhaltsam näherten. Das war's dann mit dem Ausflug, dachte Britta. Aber wunderbarerweise entfernten sich die Schritte wieder, ohne dass sie entdeckt wurden.

"Okay, let's go", kommandierte Mike.

Erneut schlichen sie im Gänsemarsch durch die Gänge. Britta bildete die Nachhut und schaute sich immer wieder um. Irgendwie wurde sie das Gefühl nicht los, dass hinter ihr noch jemand war. Aber das war vermutlich nur Einbildung.

Endlich kamen sie an der großen Treppe an. Das war die gefährlichste Stelle ihres Unternehmens. Sie hatten heftig darüber diskutiert und dann beschlossen, einzeln hinunterzugehen. So wurde höchstens einer von ihnen entdeckt und nicht die ganze Gruppe.

Mike rannte die Treppe hinunter, Gordon schaute sich auf jeder Stufe um, Chris und Tommy liefen Hand in Hand, was Ciara zu der Bemerkung veranlasste: "Boys are stupid."

"Oh yes", pflichtete Britta ihr bei. Bei dem Gedanken, als Letzte zurückgelassen zu werden, wurde ihr ganz flau im Magen. Aber Ciara schien das zu spüren, denn sie flüsterte: "Let's go **together**. I don't think anybody's coming."



---

**together** zusammen

Dankbar nahm Britta das Angebot an. Gemeinsam stiegen sie die Stufen hinunter und schlossen sich den Jungs an, die in einer dunklen Ecke warteten.
"And now?", wollte Gordon wissen.
"We need to find out where this noise is coming from", sagte Chris. "Listen."
Sie standen ein paar Minuten ruhig da und lauschten. Es war nichts zu hören.
"It must be upstairs", flüsterte Gordon.
"No, I'm sure it's coming from downstairs", gab Britta zurück. "Let's wait for **another** five minutes."
Sie warteten also weiter, während Mike demonstrativ auf seine Uhr schaute. Seine Miene verriet deutlich, was er dachte: Typisch Mädchen, macht aus einer Mücke einen Elefanten. Er wollte gerade verkünden, dass die Zeit um sei, als das Geräusch laut und deutlich zu hören war.
Erschrocken schauten sie sich an. Sogar Mike schien jetzt überzeugt, dass es keine Einbildung war.
"That sounds awful", meinte Gordon.
"I told you." Britta konnte sich ihren Triumph nicht ganz verkneifen.
"Let's try to find where it's coming from", meinte Mike. "Gordon, Ciara and I'll go together and you three are the other team."
"I want to go with Britta", sagte Ciara.

---

**another** noch

Mike verdrehte die Augen, gab aber nach. "Okay, then we'll take Chris with us. Okay?"
"Why don't we make three **groups**?", schlug Britta vor. "You and Gordon, Chris and Tommy and we two girls."
Alle stimmten zu. Sie beschlossen sich nach zehn Minuten hinter der Küche zu treffen.
Britta und Ciara schlichen los. Das Geräusch wurde mal leiser, mal lauter, aber so richtig nahe kamen sie ihm nicht.
"I think it's coming from this **direction**", sagte Ciara und deutete hinter sich.
"Then let's go", schlug Britta vor.
Leise schlichen sie sich zur Küche. Die Tür war nur angelehnt. Essens- und Spülmaschinengeruch vermischten sich zu einem unappetitlichen Aroma.
"Puh, what a **nasty smell**", stöhnte Ciara. "You wouldn't **expect such delicious** food from a **smelly** place like this."
Vorsichtig schlichen sie durch die Küche, die viel größer war, als sie erwartet hatten. Mehrere große



---

**groups** Gruppen
**direction** Richtung
**nasty smell** ekliger Geruch
**expect** erwarten
**such** so ein
**delicious** leckeres
**smelly** stinkend

Herde standen im Zentrum des Raumes, darüber hingen eiserne Pfannen und Blechtöpfe, daneben alle möglichen Koch- und Schöpflöffel. Alles war blitzblank geputzt und schimmerte im Licht ihrer Taschenlampe. An einer Wand aufgereiht standen mehrere riesige Kühlschränke.

"Too bad I'm not hungry", sagte Ciara bedauernd.

"Let's **have a look anyway**", meinte Britta. Doch bevor sie auch nur einen Schritt machten, gab es in einer Ecke einen furchtbaren Krach. Sie fuhren herum und fassten sich instinktiv an den Händen. Britta fiel die Taschenlampe aus der Hand, die auf den Boden krachte und erlosch. Es war auf einmal furchtbar dunkel.



"It's not a ghost", versuchte Ciara sie zu beruhigen.

"I hope you're right", gab Britta zitternd zurück.

"A cat?", flüsterte Ciara.

"Maybe." Zumindest in Filmen war es immer eine Katze, die den Radau veranstaltete. Aber was da plötzlich auf sie zukam, war definitiv keine Katze. Es war unförmig, unheimlich und – riesig.

"Let's run", sagte Britta.

"Hi girls", sagte da eine wohlbekannte Stimme.

"Gordon." Ciaras Stimme klang wütend und erleichtert zugleich. "You're such an idiot."

---

**have a look** einen Blick (hinein) werfen, sich umsehen
**anyway** trotzdem

"Sorry. I didn't want to **scare** you", erwiderte Gordon.
Britta hob die Taschenlampe auf und knipste sie an. Gordon hielt ein Stück Hühnerbein in der Hand und kaute genüsslich darauf herum. Er war offensichtlich aus einem Nebenraum gekommen, dessen Tür offen stand.
"I was hungry", versuchte er sich zu verteidigen.
"What's going on in here?", ertönte da eine tiefe Stimme hinter ihnen.
Die Mädchen fuhren wie vom Blitz getroffen herum. Doch an Stelle von Alistair, den sie wohl erwartet hatten, stand da ein grinsender Mike.
"You are such an idiot", wiederholte Ciara ihm gegenüber.
"Sorry, but I want to **show** you something", sagte er wichtigtuerisch.
"What?", wollte Gordon wissen.
"I think I've found something interesting **while** you were searching for food."



---

**scare** erschrecken
**show** zeigen
**while** während

# Begegnung mit Alistair

Sie standen alle in der Bibliothek und schauten Mike erwartungsvoll an. Nur Gordon schien mehr von den Büchern beeindruckt zu sein als von der Tatsache, dass Mike das Geräusch angeblich hier gehört hatte.

"Look at this", schwärmte er, während er an den reich bestückten Regalen entlang lief. "They've got **at least** five biographies of Mary Stuart."

"Who's Mary Stuart?", wollte Tommy wissen.

"You don't know Mary Stuart?", fragte Gordon ungläubig. "She was a Scottish queen."

Tommy zuckte die Achseln. Was gingen ihn schottische Königinnen an? 

"Can we please forget the **history lesson**?", sagte Mike genervt.

Was für ein Angeber, dachte Britta. Ihm stinkt ja nur, dass er mal nicht im Mittelpunkt steht. Trotzdem war sie genauso gespannt wie die anderen, was er ihnen zeigen wollte.

"Okay", knurrte Gordon und ließ sich in einen Sessel fallen. "Tell us your **secret**.

"It's not *my* secret, but the castle's", erwiderte Mike.

---

**at least** mindestens
**history lesson** Geschichtsunterricht
**secret** Geheimnis

Die anderen starrten ihn fragend, aber auch zweifelnd an.
"I was thinking about why castles **were built** and when", begann Mike. Als keiner etwas sagte, fuhr er fort: "You must have seen one of those **movies** where they find a **secret passage**. When I heard this sound, I came here and **tried** all the **shelves**."
"Aaaand?", fragte Chris.
"Aaaand I found this ..." Mike griff nach einem antik aussehenden Buch und schob es nach hinten. Das Regal daneben ruckte ein wenig und schwang plötzlich auf.
"Wow", entfuhr es Chris, Tommy und Britta und sogar Ciara zeigte sich beeindruckt. Nur Gordon hatte von all dem nichts mitbekommen. Er saß in einem der Ledersessel und blätterte begeistert in einem Buch.
"Will you please **follow** me?", sagte Mike und winkte sie an dem Regal vorbei.
Mit der gemütlichen Atmosphäre der Bibliothek war es sofort vorbei. Graue, kalte Mauern begannen direkt hinter dem Bücherregal. Es roch leicht modrig.



---

**were built** gebaut wurden
**movies** Filmen
**secret passage** Geheimgang
**tried** habe … ausprobiert
**shelves** Regale
**follow** folgen

“I think we should wait till tomorrow”, sagte Ciara.
“You’re afraid?”, fragte Mike spöttisch.
“Yes, I’m afraid and I have no problem **admitting it**”, giftete Ciara zurück.
“Let’s **have a quick look** and then come back tomorrow”, schlug Chris vor. “I’m pretty tired and would like to go to bed **soon**.”
“Yes, let’s do that”, stimmte Britta schnell zu, bevor Mike etwas erwidern konnte.
“Gordon, are you coming?”, rief Mike in die Bibliothek. Unverständliches Gemurmel war die Antwort.
“**Leave him alone**, he can see it tomorrow”, meinte Chris.
Sie drängten sich eng zusammen und schlichen langsam durch den grauen, unheimlichen Gang. Nach ein paar Metern mündete er in eine lange Treppe, die nach unten führte.
“Downstairs?”, fragte Mike, aber es klang nicht mehr so forsch wie vorher.
Alle zögerten, dann sagte Britta: “No, let’s do it tomorrow.”
Wie auf Kommando drehten sie um und liefen in die Bibliothek zurück, wo Gordon sich gar nicht satt-sehen konnte an den Schätzen, die er in den Regalen

---

**admitting it** es zuzugeben
**have a quick look** sich schnell umsehen
**soon** bald
**Leave him alone** Lass ihn in Ruhe

fand. Er hatte nicht einmal bemerkt, dass die anderen den Raum verlassen hatten. Erst als die Geheimtür mit einem lauten Klack ins Schloss schnappte, schaute er auf.

"What?", fragte er, als er alle Blicke auf sich gerichtet sah.

"Nothing", erwiderte Chris grinsend. "I think we should go to bed now."

"Do you think I could take this with me?", wollte Gordon wissen und hielt ein Buch hoch.

"Yes, I think so", sagte Mike und hielt die Tür auf. "Let's go in pairs so that nobody will see or hear us."

Chris und Tommy verschwanden als Erste, dann Mike und Gordon, Britta und Ciara schließlich als Letzte.



"I don't **trust** him", flüsterte Ciara, als sie die Treppe zu ihren Zimmern hochschlichen. Britta wusste, sie meinte Mike damit.

"I don't know. He's just an awful … What do you call someone like him?"

"A **show-off**. Or a **big mouth**."

"That's him", murmelte Britta und gähnte herzhaft. "I'm going to sleep like a log", sagte sie und schloss ihr Zimmer auf. "Good night."

---

**trust** vertraue
**show-off** Angeber
**big mouth** Maulheld

"Good night, **sleep tight**", gab Ciara zurück und umarmte sie zum Abschied.
Kurz vor dem Einschlafen fiel Britta etwas ein: In dem Geheimgang war das Geräusch gar nicht zu hören gewesen.

Obwohl sie es nicht vereinbart hatten, fanden sich alle sechs nach dem Frühstück in der Bibliothek ein. Selbst Gordon ließ sich dieses Mal nicht von den Büchern ablenken. "Okay, let's do it", sagte er, nachdem die anderen ihm von ihrem Plan erzählt hatten.
Mike schob das Buch nach hinten, und wie von Zauberhand bewegte sich das Regal.
"Do you know how to close it from this **side**?", fragte Chris, als sie alle in dem Geheimgang standen. "It might look a bit **suspicious** if the shelves are open."
"I know how", rief Gordon und drückte seine dicke Hand in eine Mauervertiefung, die man kaum sehen konnte. Tatsächlich schwang das Regal leise quietschend zu.
"I hope you also know how to open it again", sagte Ciara mit leichter Panik in der Stimme. "Maybe **we should've tried it** with someone waiting in the library."



---

**sleep tight** schlaf gut
**side** Seite
**suspicious** verdächtig
**we should've tried it** wir hätten es versuchen sollen

"**Don't worry**", versuchte Gordon sie zu beruhigen. "I know how to open it. I found it in the book I took with me last night." Er drückte zweimal gegen dieselbe Vertiefung und tatsächlich schwang die Tür wieder auf.
Ein Seufzer der Erleichterung erklang. Gordon drückte erneut, und die Tür schwang zu.
"Okay, let's go down", gab Mike das Kommando.
Obwohl es immer noch dunkel und unheimlich war, hatten sie jetzt weniger Angst als in der letzten Nacht. Sie stiegen die Stufen hinunter – "Eighty-three", sagte Ciara – und fanden sich in einem riesigen Raum wieder, von dem drei Gänge abgingen.
"Three teams again?", fragte Mike.
Aber die anderen wollten sich nicht trennen.
"Let's stay together", sagte Chris.
Also gingen sie gemeinsam nacheinander in die drei Gänge hinein. Natürlich hatten sie etwas Aufregendes erwartet, aber sie fanden nichts als Abstellräume, manche vergittert, die meisten jedoch offen, in denen sich jede Menge Gerümpel befand.
"How boring", drückte Gordon die Enttäuschung aller aus.
"There must be **another entrance**", sagte Mike, aber bevor sie die Chance hatten, danach zu suchen,



---

**Don't worry.** Mach dir keine Sorgen.
**another** noch ein
**entrance** Eingang

ertönte eine Stimme: "What are you doing down here?"
Obwohl Britta wusste, dass Mike neben ihr stand, hatte sie für einen Moment die Hoffnung, er möge es sein, der den schrecklichen Schotten zu imitieren versuchte. Aber es war Alistair McGowan persönlich, der wie ein Rachegott vor ihnen stand und sie böse anblickte.
Es war Gordon, nicht Mike, der mutig auf ihn zutrat und sagte: "You know, sir, we wanted to see if the **secret door** in the library still **works**. I read about it in a book and wanted to **try it out**. But I'm such a **coward**, so I took my friends with me."
Alistair war für einen Moment sprachlos. Doch dann sagte er: "This is no place for children. You're **not supposed to** be here. Get out and go outside. The sun **is shining**, **which is pretty rare in this country**. Go and **enjoy it**. There's **plenty of room** for you out there to play in."



---

**secret door** Geheimtür
**works** funktioniert
**try it out** es ausprobieren
**coward** Feigling
**not supposed to** solltet nicht
**is shining** scheint
**which is pretty rare in this country** was in diesem Land ziemlich selten vorkommt
**enjoy it** genießt es
**plenty of room** viel Platz

Er scheuchte sie die Treppe hinauf und zum Haus hinaus, als seien sie lästige Fliegen.
“**What an asshole**”, sagte Britta, und alle lachten. “What?”, fragte sie in die Runde.
“You shouldn’t use words like that”, klärte Chris sie auf.
“But it’s true”, pflichtete Mike ihr bei. “He **acts like one**.”
“Yes, I don’t trust him either”, meinte Chris. “It seems like he’s hiding something.”



---

**What an asshole.** Was für ein Arschloch.
**acts like one** benimmt sich wie eins

# Schottische Tänze

Britta drehte sich, wenn die anderen sich drehten, und machte Schritte nach links oder rechts, wenn ihre Mittänzer es taten. Zwar gab es einen sogenannten *instructor*, der die Kommandos gab, den sie aber leider kaum verstehen konnte, weil er so in das Mikrofon schnarrte.

Schottischer Tanzabend, das hatte interessant und lustig geklungen, aber keiner hatte ihnen gesagt, dass sie mittanzen mussten. Während sie versuchte Schritt zu halten, hielt sie nach Alistair Ausschau. Der Schotte war ihnen den ganzen Tag hinterhergelaufen, als wollte er sicher gehen, dass sie nicht mehr in den Keller stiegen. Das war lästig, hatte aber auch den Vorteil, dass sie immer wussten, wo er sich aufhielt. Denn dass der Mann etwas zu verbergen hatte, darüber waren sich alle einig.

"... and thank you, **ladies and gentlemen**", sagte der instructor. Dankbar ging Britta zurück zu ihrem Tisch und trank gierig ein Glas Wasser.

"I hate this", knurrte Chris und ließ sich auf seinen Stuhl fallen.

"I didn't know dancing could be so **exhausting**", seufzte Tante Anja.



---

**ladies and gentlemen** meine Damen und Herren
**exhausting** anstrengend, ermüdend

"Did you see Alistair?", wollte Britta von ihren Cousins wissen.
Chris schüttelte den Kopf, aber Tommy sagte: "I saw him going to the garden."
"Was he alone?", fragte Britta.
Tommy dachte nach. "There was this other guy", sagte er schließlich. "I need to go to the **loo**", fügte er hinzu und verschwand Richtung Toiletten.
"Do you think they'**re plotting something**?", fragte Chris Britta.
"I don't know", erwiderte sie.
"Let's have a look", schlug Chris vor. "I need some fresh **air anyway**."

Sie drängten sich durch die Menge der Tanzenden und liefen Richtung Garten, gerade noch rechtzeitig, um zu sehen, wie Alistair mit einem anderen Mann das Haus verließ.
Alistair und sein Begleiter gingen Richtung Loch Mor. Britta und Chris schlichen leise hinterher und nutzten dabei die zahlreichen Büsche am Weg entlang als Deckung. Sie konnten die tiefen Stimmen der Männer hören.
"Do you understand anything?", fragte Britta ihren Cousin.

---

**loo** Klo
**are plotting something** etwas aushecken
**air** Luft
**anyway** ohnehin, sowieso

Chris schüttelte den Kopf. "Not a word", gab er zu. "We need to **get closer**."
Auf halbem Weg zum See blieben die beiden Männer stehen und zündeten sich eine Zigarette an. Im Schein des Feuerzeugs konnten sie deutlich Alistairs Hakennase sehen. Sein Bekannter dagegen hatte ein rundes Gesicht, das ein Vollbart zierte.
"You see that bush over there?", flüsterte Chris Britta zu. "We should try to get over there. It's much closer, and maybe **we'll be able to** hear something."
Obwohl Britta nicht wohl bei der Sache war, nickte sie. Wie die Indianer schlichen sie sich in einem großen Bogen zu dem Busch. Die beiden Männer hatten sich nicht von der Stelle gerührt und schienen auch nichts bemerkt zu haben.
Trotz der Anspannung erkannte Britta, weshalb die beiden genau diese Stelle ausgesucht hatten: Man hatte einen wunderbaren Blick auf Loch Mor, der im fahlen Mondlicht silbern glänzte.
"Look at this", raunte sie und stupste Chris an. Aber der hatte keinen Blick dafür.
"Shut up", flüsterte er und hielt sich den Finger an den Mund.
Britta verdrehte die Augen, sagte aber nichts mehr.



---

**get closer** näher herankommen
**we'll be able to** können wir, werden wir in der Lage sein

Sie spitzte die Ohren, um vielleicht etwas zu verstehen, aber es war nur ein undefinierbares Gemurmel für sie. Die Männer warfen ihre Zigarettenkippen auf den Boden und traten sie gründlich aus, wandten sich dann Richtung Haus. Als sie nahe bei dem Busch waren, hinter dem Britta und Chris den Atem anhielten, sagte Alistair: "When do you think is the best time?"
"… moon … Thursday …", war alles, was Britta von der Antwort verstehen konnte.
"**Aye**", sagte Alistair. Dann folgte wieder ein Schwall von Worten, deren Sinn Britta verschlossen blieb. Sie hoffte inständig, dass Chris den schottischen Akzent besser verstand.



Die beiden Männer gingen langsam zurück zum Hotel, unbemerkt verfolgt von den Kindern. Als die Erwachsenen das Haus betraten, hielt Chris Britta zurück.
"Did you understand anything?", wollte er wissen.
Britta schüttelte den Kopf. "Just moon and Thursday", gestand sie. "And you?"
Chris schnitt eine Grimasse. "Not very much either", sagte er. "I think they're planning something for Thursday."
"What about the moon?"
Chris zuckte mit den Schultern. "I have no idea.

---

**Aye.** Ja. (*schottisch*)

Maybe they're going to do it **during** the night. It may be midnight, because they also said something about twelve o'clock."
"Or **around noon**", schlug Britta vor. "That's twelve o'clock **as well**."
"**Whatever** they're doing, they wouldn't do it **in bright daylight**, would they?"
"I don't know. It's a pity that we didn't understand more."
Sie schwiegen und dachten nach.
"Maybe they'll do it during the day, so **no one** gets suspicious", sagte Britta.
"You're right. If you **make it look normal**, no one **pays attention**", gab Chris ihr recht.
"But what are they going to do?"
"That's something we need to find out", meinte Chris. "Shall we talk to the others?"
Britta bejahte. Zu mehreren war es sicherer – und machte auch mehr Spaß. Sie betraten das Haus und suchten ihre neuen Freunde. Als sie alle in der Bib-



---

**during** während
**around noon** gegen Mittag
**as well** auch
**whatever** was auch immer
**in bright daylight** am helllichten Tag
**no one** niemand
**make it look normal** es normal aussehen lassen
**pays attention** achtet darauf

liothek versammelt waren, erzählten Britta und Chris von ihren Beobachtungen.
"You should've taken me with you", beklagte sich Mike. "I have an uncle who's Scottish. I would've understood more than you."
"Maybe", verteidigte Britta sich und ihren Cousin. "But there was no time. We had to follow them, otherwise **we would've lost them**."
Darauf wusste Mike nichts zu sagen. Sie beschlossen erst einmal eine Nacht darüber zu schlafen und am nächsten Tag weiterzusehen.

Der Mittwoch brachte Nieselregen und einen Ausflug nach Inverness, der nächsten größeren Stadt. Sie kauften Mitbringsel für die daheimgebliebenen Väter und lernten eine Menge über die schottischen Tartanmuster, die einem Insider die Zugehörigkeit zu einem Clan verriet. Der krönende Abschluss war ein Abendessen in einem echten Pub. Britta und ihre Cousins versuchten sich auch im Dartsspielen.
Sie hatten viel Spaß und waren ziemlich müde, als sie zum Hotel zurückkamen. Von Alistairs geheimnisvollen Plänen am nächsten Tag war jedenfalls nicht mehr die Rede, und Britta war das nur recht. Sie wollte doch endlich auch einmal die schöne Landschaft und die Spiele genießen.



---

**we would've lost them** hätten wir sie verloren

Aber sie hatte nicht mit Chris gerechnet. Am nächsten Morgen stand er vor ihrer Tür und sagte: "Ready to go?"

Britta seufzte, nickte aber. Vielleicht führte die Beschattung Alistairs sie ja zu interessanten Ecken des riesigen Grundstücks.

"Okay, let's go", sagte sie und bereitete sich auf einen aufregenden Tag vor.

Aber entweder hatte Alistair sie entdeckt und seine Pläne abgeblasen, oder sie hatten etwas vollkommen falsch verstanden. Der Schotte tat nichts, was auch nur in geringster Weise auffällig gewesen wäre: Er machte einen Rundgang durch das Hotel, mähte den Rasen, schaute den Athleten beim Training zu, nahm Lieferungen entgegen, besprach sich mit anderen Angestellten und sorgte generell für Ordnung.



Als Britta und Chris am Abend in Brittas Zimmer saßen, meinte Chris nur: "You know what that means?"

Obwohl Britta wusste, was jetzt kommen würde, schüttelte sie den Kopf.

"It's going to **happen** at midnight."

---

**happen** stattfinden

# Schreckliche Entdeckung

Sie saßen auf Brittas Bett und hielten sich mit Ratespielen wach. Das rätselhafte Geräusch war hin und wieder zu hören, und immer noch hatten sie keine Ahnung, was es verursachte.

"You're sure that Tommy won't wake up?", fragte Britta zum bestimmt hundertsten Male.

Chris nickte genervt. "Yes, I'm sure. When he's asleep, you could **drop a bomb** next to his head and he **wouldn't notice**. He's like Mum."

Sie hatten mehrmals ihre Ausrüstung überprüft und verließen das Zimmer um zehn vor zwölf. Auch darüber hatten sie lange diskutiert, aber Chris hatte sich mit seiner Meinung durchgesetzt: "You don't meet at twenty to something, you meet **on the hour**."

Britta fand das unlogisch, aber sie hatte es irgendwann aufgegeben, ihrem Cousin zu widersprechen. Sie würde sich jedenfalls niemals zur vollen Stunde mit einem Komplizen treffen, um irgendetwas Verbotenes zu tun, denn schließlich rechnete doch jeder damit.

Vorsichtig schlichen sie durch das ruhige Haus. Aus manchen Zimmern konnten sie Gemurmel oder



---

**drop a bomb** eine Bombe werfen
**wouldn't notice** würde es nicht merken
**on the hour** zur vollen Stunde

Musik hören, vermutlich schauten noch einige Gäste fern. An ihrem Lieblingsfenster blieb Britta stehen, denn von dort hatte man einen tollen Blick auf den Loch Mor. Er glänzte silbern im Mondlicht.
"Look at that", sagte Britta, aber Chris hatte natürlich keinen Blick dafür.
"Come on", drängelte er und lief die Treppe weiter hinunter. Britta folgte nur ungern. Viel lieber wäre sie am Fenster stehen geblieben und hätte hinausgeschaut. Als sie Chris in der Eingangshalle einholte, sagte sie leise: "I think there's a **full moon**. It's so **bright** outside."
"Maybe that's why they **mentioned** the moon", schlug Chris aufgeregt vor.
"I don't know", wandte Britta zögernd ein. "You wouldn't do **something criminal** in bright moonlight, would you?"
"That's true. But then you wouldn't have to bring a light with you", gab Chris zu bedenken. Bevor sie jedoch weiterdiskutieren konnten, ertönte das Geräusch lauter als je zuvor. Chris stupste Britta an und deutete Richtung Bibliothek. Obwohl sie Angst hatte, nickte sie.
Leise öffneten sie die Tür. Chris steckte den Kopf



---

**full moon** Vollmond
**bright** hell
**mentioned** haben erwähnt
**something criminal** etwas Kriminelles

hindurch. “No one in there”, flüsterte er und betrat den dunklen Raum. Britta folgte.
Es roch nach Feuer, Staub und alten Büchern. Ohne den wärmenden, knisternden Kamin wirkte die Bibliothek unheimlich und kalt. Britta schauderte.
“Let’s go to bed”, wollte sie vorschlagen, aber da hatte Chris schon den Geheimmechanismus ausgelöst.
“You don’t want to go down there now, do you?”, fragte Britta voller Panik. Keine tausend Pferde würden sie in den Keller bringen.
“Let’s just have a look”, sagte Chris und verschwand hinter dem Regal. Britta hatte zu viel Angst allein zu bleiben und folgte ihm. Der Modergeruch schien jetzt viel stärker zu sein als noch am Tag zuvor, aber vielleicht hatte sie auch damals nicht so sehr darauf geachtet.
“Leave it open”, hielt sie Chris davon ab, den Mechanismus auszulösen. “Nobody‘s going to come to the library at midnight.”
“Let’s hope you’re right”, erwiderte Chris und schlich sich zur Treppe.
Sie lauschten. Nichts.
“This can’t be. The noise *must* come from somewhere”, sagte Chris. “Let’s wait **a couple of** minutes.”

---

**a couple of** ein paar

Es kam Britta wie eine Ewigkeit vor. Sie musste dringend aufs Klo, sie war müde und fror entsetzlich, obwohl sie einen dicken Pullover anhatte.
“Let’s go back”, drängelte sie, aber Chris schien sie nicht zu hören.
“**I don’t get it**”, sagte er nach einigen Minuten enttäuscht.
Britta atmete auf, als sie wieder unversehrt in der Eingangshalle standen. “And now?”, wollte sie wissen.
Chris schüttelte ratlos den Kopf. Sie lauschten noch einmal, aber das Geräusch war wie durch Magie verstummt.
“Let’s go to bed”, sagte Chris schließlich. Britta konnte seine Enttäuschung hören.
“Maybe it’s all **harmless**”, versuchte sie ihn zu trösten.
“Maybe”, sagte Chris frustriert.
Sie schlichen sich die Treppe hinauf. Als sie an dem Fenster vorbeikamen, wollte Britta einen letzten Blick auf Loch Mor erhaschen, da ihr Zimmer leider auf der anderen Seite des Hauses lag. Sie traute kaum ihren Augen. Aufgeregt zog sie Chris am Ärmel.
“What?”, rief er erschrocken.
“Psssst”, machte Britta. Atemlos warteten sie, ob



---

**I don’t get it.** Ich verstehe es nicht.
**harmless** harmlos

Chris' Ausruf jemanden aufgeweckt hatte, aber alles blieb ruhig.
"Look at that", sagte sie und zeigte aus dem Fenster.
Chris tat, wie ihm geheißen. "Can't see anything", brummte er.
"Wait", meinte Britta und hielt ihn fest. Und dann: "Look."
Tatsächlich: Im Garten waren umherirrende Lichter zu sehen.
"**Glow-worms**", sagte Chris fachmännisch und wandte sich ab.
"Glow-worms?" Britta war mehr als skeptisch. Aufmerksam verfolgte sie den Zickzackkurs der Lichter. Ja, es war möglich, aber …
"They're much too big for glow-worms", flüsterte sie aufgeregt. "Just look."
Folgsam drehte Chris sich um und starrte aus dem Fenster. "You're right", gab er schließlich zu.
Fasziniert und ängstlich zugleich beobachteten sie die Lichter, die scheinbar ziellos durch den Garten tanzten.
"Something *is* going on here", sagte Chris zufrieden.
Dicht aneinandergedrängt standen sie am Fenster. Britta wusste nicht, ob sie sich freuen sollte. Das war alles doch ziemlich unheimlich.
"Let's go to bed", schlug sie vor.

---

**glow-worms** Glühwürmchen

"Are you **crazy**?", zischte Chris. "We've **finally** found something, and you want to go to bed? I don't believe it."
"Okay then, let's go down there and find out what's going on", erwiderte Britta wütend. Zufrieden bemerkte sie Chris' Zögern.
Noch bevor ihr Cousin etwas erwidern konnte, fuhren sie beide zusammen. Die Töne, die sie jetzt schon seit Tagen so sehr beschäftigten, waren laut und deutlich zu hören. Und sie kamen eindeutig aus dem Garten.
"What an awful noise", sagte Chris. "It gives me the **goosebumps**." Er deutete auf seinen Arm, der eine deutliche Gänsehaut zeigte.
Britta nickte nur.
"Let's open the window, maybe we can hear better", sagte Chris und drehte am Griff. Doch der ließ sich nicht bewegen. "**Shit**", schimpfte er.
Britta musste trotz ihrer Angst kichern.
"What shall we do now?", fragte Chris.
"Let's go down again and have a **closer** look", schlug Britta vor, die ihre Furcht inzwischen überwunden hatte. Jetzt wollte sie es wissen.



---

**crazy** verrückt
**finally** endlich
**goosebumps** Gänsehaut
**Shit** Scheiße
**closer** näher, genauer

Sie schlichen die Treppe wieder hinunter und schauten durch alle Fenster, konnten aber nichts mehr erkennen.
"The **shrubs** are in the way", sagte Chris und deutete auf die Büsche im Garten. "We need to go outside."
"Hmpf", machte Britta, aber sie folgte ihrem Cousin, als der die Seitentür zum Garten öffnete. Sie konnte ihn doch jetzt nicht alleinlassen.
Eng an die Hauswand gepresst schlichen sie sich zu der Stelle, wo sie von oben die Lichter gesehen hatten. Es war nichts zu hören und nichts zu sehen.
Das gibt's doch nicht!, dachte Britta. Wenn das so weitergeht, glaube ich doch noch an Geister.
"Look", sagte Chris da und deutete Richtung Wald. "They're down there."
Sie lauschten mit angehaltenem Atem. Es waren Geräusche zu hören, wenn auch nicht *das* Geräusch.
"It sounds like …", begann Chris.
"… men", ergänzte Britta.
Sie schauten sich an, nickten und machten sich leise auf den Weg.



---

**shrubs** Büsche

# Mensch oder Geist?

Der kleine Wald, der zum Übungsplatz führte, war in der Nacht noch viel unheimlicher als am Tag. Dennoch zögerten Britta und Chris nicht, als sie der geheimnisvollen Gruppe folgten. Obwohl der Mond die Landschaft um sie herum hell erleuchtete, drang kaum ein Strahl durch den dichten Baumbestand hindurch. Sie knipsten ihre Taschenlampen an und hielten ihre Hände davor, damit man sie nicht entdeckte. Doch die Gruppe vor ihnen schien keine Angst vor einer Entdeckung zu haben, denn sie machte einen Höllenlärm. Zweige knackten, immer wieder fluchte jemand laut, vermutlich, weil er gegen einen Baum gelaufen war. Britta und Chris fanden es tröstlich, dass sie ganz eindeutig menschliche Wesen verfolgten.



"Where are they going?", wunderte sich Chris, als die Leute den Weg zum Übungsplatz verließen und Richtung See liefen.

Britta wollte antworten, dass sie es auch nicht wusste, als ein furchtbares Geräusch ertönte. Es war *das* Geräusch, aber sie hatten es noch nie so laut und nah gehört. Stocksteif blieben sie stehen und fassten sich an den Händen.

Auch die Gruppe schien erschrocken zu sein, denn für Sekunden war es mucksmäuschenstill im Wald.

"I'm scared", flüsterte Britta Chris ins Ohr.

"Me too", flüsterte er zurück.
Aber sie rührten sich nicht vom Fleck. Vor ihnen war wieder etwas zu hören, aber diesmal klang es wie Lachen. Lachen? Die beiden schauten sich an.
"Someone is **playing a nasty trick on us**", sagte Chris langsam.
Britta war sich da nicht so sicher. Wer sollte ihnen einen Streich spielen? Es konnte ja nur einer der drei anderen sein. Ciara war es nicht, da war sie sich sicher, bei Gordon auch. Der war viel zu träge, als dass er nachts aus dem Bett schlüpfen und durch den dunklen Wald schleichen würde. Mike? Ja, dem würde sie es noch am ehesten zutrauen. Aber was hatte er davon? Er war ein Angeber, aber so viel Aufwand würde er kaum betreiben. Sie schüttelte den Kopf. "Alistair", sagte sie im Brustton der Überzeugung. Es konnte nur der Schotte sein. Es passte alles zusammen: Es war Donnerstag, okay, mittlerweile sicher schon Freitag, es war um Mitternacht herum, und es war Vollmond.
Chris nickte. "Shall we follow them?", wollte er wissen.
"Yes. I want to see what they're doing", sagte sie.
Sie mussten keine Rücksicht nehmen, denn die Bande vor ihnen hatte sich ebenfalls wieder auf den Weg gemacht, wie man unschwer hören konnte.

---

**playing a nasty trick on us** spielt uns einen bösen Streich

Als sie Lichter durch den Wald zucken sahen, hielt Chris Britta zurück. Deutlich konnten sie mehrere dunkle Gestalten erkennen, den Stimmen nach junge Männer. Drei von ihnen trugen etwas Unförmiges zwischen sich, einen riesigen Sack oder Beutel, zwei andere leuchteten ihnen den Weg. Dennoch stolperten sie mehr als dass sie gingen.

Das Geräusch ertönte wieder, und jetzt war klar, dass es von der Gruppe vor ihnen kam. Obwohl es in seiner Schrecklichkeit immer noch eine Gänsehaut erzeugte, bekamen Britta und Chris keine Angst mehr. Die fünf da vorne waren Menschen, es konnte also nicht so furchtbar sein, oder?



Langsam folgten sie den dunklen Gestalten mit dem geheimnisvollen Etwas in ihrer Mitte, das so jämmerliche Töne von sich gab.

"Wait", kommandierte Chris plötzlich und hielt Britta zurück.

"What?", fragte sie, aber sie sah es selbst. Oder vielmehr sah sie nichts mehr. Die Männer waren wie vom Erdboden verschwunden.

"But that's impossible", rief sie leise. "I saw them only **a second ago**."

"Me too", bestätigte Chris.

Sie hielten den Atem an und lauschten. Entfernt hörten sie Schritte, auch die furchtbaren Laute waren

---

**a second ago** vor einer Sekunde

leise, aber deutlich zu hören, aber so sehr sie sich auch anstrengten, erkennen konnten sie nichts.

"Maybe they've **turned off** their lights", schlug Chris vor.

"Hmm", machte Britta und schwieg eine Weile. "Are you sure they were **humans**?", fragte sie schließlich. Vermutlich würde ihr Cousin sie jetzt auslachen, aber das war ihr egal. Ihr war gar nicht mehr wohl bei der Sache.

"I hope so", ließ Chris sich leise vernehmen. "At least they sounded like people, didn't they?"

"Yes", versicherte Britta. "Their **voices** sounded like they were men. But maybe ghosts can **imitate** human voices", fügte sie langsam hinzu.

"**Ghosts don't exist**", sagte Chris, aber er klang nicht sehr überzeugt.

"I hope you're right", antwortete Britta. Sie waren hin- und hergerissen zwischen dem Wunsch herauszufinden, was da vor sich ging, und dem, ins sichere Haus zurückzukehren.

"Let's look a bit more and then go back", sagte Chris schließlich.

"Okay", sagte Britta.



---

**turned off** ausgeschaltet
**humans** Menschen
**voices** Stimmen
**imitate** imitieren, nachahmen
**Ghosts don't exist.** Es gibt keine Gespenster.

Sie fassten sich an den Händen und schlichen vorsichtig und so leise wie möglich weiter. Plötzlich wurde ihnen klar, warum die Gruppe so unerwartet verschwunden war: Der Wald endete an einem steilen Abhang, der direkt zum See führte. Sie knipsten ihre Lampen aus, denn der Mond, der als helle Scheibe an einem tiefblauen, wolkenlosen Himmel stand, tauchte alles in ein fahles Licht.
"**Watch your step**", sagte Chris fürsorglich. "It might be **slippery**."
Britta hielt ihn zurück. "Let's wait here."
Sie kauerten sich auf den Boden und suchten den Abhang vor sich ab. Es war nichts zu sehen oder zu hören.



"They'**ve disappeared**", sagte Chris schließlich.
"Or they turned off their lights like we did", meinte Britta. "Listen."
Doch so sehr sie sich auch anstrengten, es war nichts zu hören als das leise Rascheln der Blätter im Wind.
"**If it weren't so spooky**, I'd say it was **really** nice here", sagte Chris und lachte leise.
Britta musste ihm zustimmen. Loch Mor lag ruhig zu ihren Füßen, in silbriges Licht getaucht. Der Wind

---

**Watch your step.** Pass auf, wo du hintrittst.
**slippery** glatt, rutschig
**have disappeared** sind verschwunden
**If it weren't so spooky.** Wenn es nicht so gruselig wäre.
**really** wirklich

war nicht stark genug, um Wellen zu erzeugen, nur am Ufer kräuselte sich das Wasser. Die Hänge rings um den See herum waren ebenfalls in das geheimnisvolle Licht getaucht und ließen die vielen Wälder weniger unheimlich erscheinen. Es war fast ein wenig kitschig, aber trotzdem wunderschön.
"Look!", stieß Chris plötzlich aus und riss Britta aus ihren Betrachtungen.
Er zeigte mit dem Finger Richtung See, aber Britta hatte das Boot schon gesehen. Zwei dunkle Figuren kauerten darin. Eine von ihnen hielt die Ruder und brachte das Boot mit kräftigen Zügen Richtung Seemitte. Die andere schaute nach links und rechts.
"Where are **the rest**?", wunderte Chris sich.
"I have no idea", sagte Britta. Sie robbte näher an den Abhang heran und schaute sich suchend um. "I can't see anyone."
Das Boot hatte die Mitte des Sees erreicht. Beide Gestalten erhoben sich und machten sich an irgendetwas im Boot zu schaffen. Als sie sich aufrichteten, konnten Britta und Chris etwas Dunkles erkennen. Es sah aus wie das Bündel, das die Gruppe vorhin getragen hatte. Den Bewegungen der beiden Bootsinsassen zu schließen, musste es schwer sein.
"They won't ...", begann Chris fassungslos, aber da hatten die beiden schon Schwung geholt und das



---

**the rest** die anderen

Bündel ins Wasser geworfen. Im selben Moment ertönte ein markerschütternder Schrei, der von den Hügeln rings um den See widerhallte. Selbst die beiden Gestalten im Boot schienen erschrocken darüber, denn sie fuhren hoch und wandten die Köpfe in alle Richtungen.
Britta und Chris wollten nicht mehr wissen, was die beiden auf dem See vorhatten oder woher der Schrei gekommen war. Sie rannten, so schnell sie konnten, zum Hotel zurück, ohne Rücksicht auf den Lärm, den sie dabei machten.
Sie stürmten durch die Seitentür ins Haus, die Treppe hinauf, in Brittas Zimmer und schlossen die Tür zweimal ab. Zitternd warfen sie sich aufs Bett und wagten nicht sich anzuschauen. Aber Britta konnte sich vorstellen, wie sie aussahen: Weiß wie zwei kleine Gespenster.

# Schmuggler am Werk?

So sehr Britta sich auch wehrte, das Geräusch kam näher und näher. Eigenartig, es war nichts zu sehen, aber das Geräusch umfing sie wie ein seidener Mantel. Nur dass es nicht so angenehm war wie Seide.
Plötzlich begann es zu stöhnen und zu ächzen und klang beinahe menschlich. Britta tastete um sich. Vielleicht gab es ja etwas, das man mit den Händen greifen konnte, auch wenn es nicht zu sehen war.
"No, no, no!", rief das unsichtbare Etwas.
Britta öffnete die Augen und fand Chris neben sich in ihrem Bett. Sofort fiel ihr ihr nächtliches Abenteuer ein. Chris schien noch zu schlafen. Er wälzte sich hin und her und murmelte unverständliches Zeug. Zwischendrin rief er laut. Britta schüttelte ihn.
"Chris, wake up", rief sie. "Chris, it's morning. You need to wake up."
Ihr Cousin kam nur langsam zu sich. Verwundert rieb er sich die Augen: "What's going on?"
Britta erinnerte ihn mit wenigen Worten an ihren geheimnisvollen Ausflug in den Wald und zum Loch Mor.
"**Oh my God**", stöhnte Chris. "I thought it was just a dream."

---

**Oh my God.** Oh mein Gott.

"No, it wasn't a dream, it was real", bestätigte Britta und sprang aus dem Bett. "It's seven-thirty. You should get back to your room before Tommy wakes up."
"You're right." Chris stand ebenfalls auf und fuhr sich durch die Haare. "I feel **horrible**", sagte er. "**Like I was kissed by a ghost**." Er lachte, aber Britta konnte das nicht witzig finden. Solange sie nicht wusste, wer oder was sich hinter der geheimnisvollen Gruppe im Wald verbarg, würde sie keine ruhige Minute mehr an diesem Ort verbringen.
"Let's meet in the library after breakfast", schlug sie vor, während sie Chris aus ihrem Zimmer ließ. "We need to talk about what we saw last night."
"Yes", stimmte Chris zu. "I'll bring Tommy and Mike, you tell Ciara and Gordon."
Britta schloss die Tür hinter ihm ab und ging ins Bad. Der nächtliche Ausflug war ihr nicht gut bekommen, sie sah inzwischen selbst aus wie ein Gespenst. Schnell duschte sie und ging hinunter in den Frühstücksraum.
Tommy und Tante Anja schienen nichts bemerkt zu haben, denn beim Frühstück redeten sie über den bevorstehenden Wettkampf. Morgen war der Tag der Tage.



---

**horrible** schrecklich
**Like I was kissed by a ghost.** Als hätte mich ein Gespenst geküsst.

"What are you planning to do today?", wollte Tante Anja wissen.
Chris zuckte mit den Schultern, aber Britta sagte: "Watch the training again. And I'd like to **explore** the **area** a bit."
"That's a good idea", stimmte ihre Tante ihr zu. "There's a **path around** the **property** with lots of nice views of the lake. I went there on Monday before dinner."
"Sounds nice", sagte Chris ohne jeglichen Enthusiasmus. Britta warf ihm einen warnenden Blick zu.
"I'd like to try throwing the caber", sagte Tommy.
"Don't bother the athletes", ermahnte seine Mutter ihn.
"I'm not bothering them. They **offered** to show me", erwiderte Tommy beleidigt.
Nach dem Frühstück passte Britta Ciara und Gordon ab und erzählte ihnen von dem geplanten Treffen in der Bibliothek. Aber Gordon musste den Tag mit seinem Bruder verbringen, Mike war nicht auffindbar und Tommy zog das Baumstammwerfen der Jagd nach seltsamen Geräuschen vor.



---

**explore** erkunden
**area** Gegend
**path** Weg
**around** rund um
**property** Anwesen
**offered** haben angeboten

So saßen nur Britta, Chris und Ciara in der Bibliothek, wo es ihnen aber bald zu kalt und ungemütlich war. Sie verließen das Haus und suchten sich ein sonniges Plätzchen im Garten, wo sie keiner belauschen konnte.
Abwechselnd erzählten Britta und Chris der Irin von ihrem nächtlichen Abenteuer, das auch im Rückblick immer noch sehr gruselig klang. Ciara zeigte sich zutiefst beeindruckt.
"You're very **brave**", sagte sie bewundernd.
"Or crazy", erwiderte Britta. Sie konnte selbst kaum glauben, dass sie mitten in der Nacht durch den finsteren Wald gelaufen waren. "I **wonder** what was in the **bundle**", fuhr sie fort.
"I've thought about it", sagte Chris langsam.
Die Mädchen schauten ihn erwartungsvoll an.
"You won't like it", sagte er warnend.
"**Go ahead**", forderte Britta ihn auf.
"What did the last noise sound like?", fragte er Britta.
Sie versuchte sich daran zu erinnern, was nicht weiter schwer war, denn das Geräusch war so durchdringend gewesen, dass sie es so schnell nicht vergessen würde. Es hatte geklungen wie …

---

**brave** tapfer, mutig
**wonder** frage mich
**bundle** Bündel
**go ahead** *hier:* sag es

"… a **crying sound**?", schlug sie atemlos vor.
Chris nickte. "Yes, that's what I thought **at first**. But when I think about it now, I'm sure it was a **scream**."
Ciara wurde blass. "Do you know what you two are talking about?", fragte sie fassungslos.
Chris und Britta sahen sich an. Und allmählich dämmerte es ihnen.
"**Murder**?", flüsterte Chris.
Britta schluckte. Waren sie tatsächlich Zeugen eines Mordes geworden? Ihr wurde ganz flau im Magen.
"But let's not **jump to conclusions**", sagte Chris. "Let's **think it over** again."
"How big was the bundle **exactly**?", wollte Ciara wissen.
Britta versuchte sich zu erinnern. Drei Leute hatten es getragen; es war rund, oder vielmehr unförmig, nicht länglich. Ein zusammengerollter Mensch?
"It was too small for a person", sagte Chris da. "We didn't see much because it was very dark, but I'm sure it wasn't much bigger than that." Er hielt die



---

**crying sound** Weinen
**at first** zuerst
**scream** Schrei
**murder** Mord
**jump to conclusions** voreilige Schlüsse ziehen
**think it over** überlegen
**exactly** genau

Arme ausgebreitet und beschrieb einen Kreis in der Luft.
"Too small for a person", bestätigte Ciara.
Erleichtert einigten sich die drei darauf, dass es kein Mensch gewesen war, den die geheimnisvolle Gruppe durch den Wald geschleppt hatte. "But it must have been **alive**", sagte Britta. "It made noises."
"**Smugglers**", schlug Ciara vor.
"Smugglers?", fragte Chris zurück. "That **makes no sense**."
Ciara zuckte die Achseln. "Just an idea."
"Why not?", fragte Britta ihren Cousin. "It sounds **logical** to me."
"Think about it", meinte er. "We're in the middle of the country, not at the **border**, where smugglers usually are. And smugglers wouldn't be that **careless**. They're **organised** and **professional**."
"You've seen too many movies", sagte Britta, die Chris' Vorliebe für Krimis kannte. "I'm sure it was this Scottish guy, Alistair", kam sie auf ihre Lieblingsthese zurück. "I don't trust him."



---

**alive** am Leben, lebendig
**smugglers** Schmuggler
**makes no sense** macht keinen Sinn
**logical** logisch
**border** Grenze
**careless** unvorsichtig
**organised** organisiert
**professional** professionell

"I think he's nice", widersprach Ciara. "He told me a sad story yesterday. **Two centuries ago** a girl **drowned** in the lake. There's a strong current in the middle of it."
"Current?", fragte Britta.
"Strömung", flüsterte Chris.
Ciara fuhr fort: "She was caught in it and they never found her. Alistair told me that **the castle has been haunted ever since**. He's sure it's the girl."
"**Nonsense**", sagte Chris, aber er klang nicht sehr überzeugt.



---

**two centuries ago** vor zwei Jahrhunderten
**drowned** ertrank
**the castle has been haunted ever since** seitdem spukt es im Schloss
**nonsense** Unsinn

# Der Geheimgang

Sie schwiegen eine Weile und hingen ihren Gedanken nach. Dann sagte Chris: “We still don’t know what happened last night.”
“I’ve thought about it, but it’s **almost** as bad as the murder theory”, meinte Ciara zögernd.
“Tell us”, forderte Chris sie auf.
“**Kittens**”, sagte Ciara nur.
“Oh no”, stöhnte Britta. “That can’t be.”
“What?”, wollte Chris wissen. Er schien auf der Leitung zu sitzen.
“Someone was drowning kittens”, erklärte Britta. “You’re right. It **makes a lot of sense**.”
“Nonsense”, sagte Chris energisch. “Just think about it. The kittens would have been very small, about **a few** weeks old, right?”
Beide Mädchen nickten.
“Okay, they could have made the noise in the woods”, sagte Chris. “But they’d never have been able to make that loud scream when they were thrown into the water. It’s just not possible.”
Britta dachte darüber nach. Wahrscheinlich hatte



---

**almost** fast
**kittens** Kätzchen
**makes a lot of sense** macht viel Sinn
**a few** ein paar

Chris recht. "Not kittens", sagte sie mit einem Seufzer der Erleichterung.

Sie rätselten noch eine Weile herum, kamen aber auf keine befriedigende Lösung.

"There's only one **way** to find out", sagte Chris schließlich.

Die Mädchen schauten ihn fragend an.

"We need to go down to the lake and have a closer look. Maybe we'll see something that'll help us find the answer."

Sie liefen den Weg zum Loch Mor hinunter. Der See lag wie immer ruhig da und ließ nicht erkennen, dass er so gefährlich war. Britta schüttelte sich. Wenn man sich vorstellte, dass da seit Jahrhunderten eine Mädchenleiche auf dem Grund des Sees lag. Sie schluckte.



Doch bald wurde sie von den trüben Gedanken abgelenkt. Sie durchstreiften das Gelände am Rande des Wäldchens, wo sie in der letzten Nacht die Gruppe aus den Augen verloren hatten. Was sie in der Nacht nicht gesehen hatten, war jetzt klar erkennbar: Ein schmaler Pfad führte hinunter zum See. Es war kein regulärer Weg, eher eine Art Trampelpfad.

"I wonder where they **left** the boat", sagte Chris nachdenklich.

---

**way** Art und Weise
**left** gelassen haben

"Probably somewhere **along the shore**", schlug Ciara vor.
"But then we'd be able to see it, wouldn't we?"
Sie suchten das Ufer ab, konnten aber kein Boot entdecken.
"Let's go down there", sagte Chris schließlich.
Vorsichtig kletterten sie den schmalen Pfad hinab, der kurz vor dem Seeufer in einen breiteren Weg mündete. Sie liefen den Weg nach links und nach rechts, konnten aber nichts Auffälliges finden. Zwei Spaziergänger kamen ihnen entgegen, die sie artig grüßten. Als die beiden außer Sichtweite waren, fuhren sie mit ihrer Suche fort, mussten aber einsehen, dass es einfach nichts zu finden gab.
"I'm tired", beklagte Ciara sich.
"Me too", stimmte Britta zu. "And my feet hurt."
Chris warf theatralisch die Arme in die Höhe und rief: "Girls!"
Die Mädchen lachten und bewarfen Chris mit kleinen Zweigen und Ästen. Er flüchtete den Hang hinauf, suchte Schutz hinter Büschen, ließ sich beinahe einfangen und flüchtete dann erneut.
"We're going to **get you**", rief Britta drohend und rannte atemlos hinterher.
Plötzlich war Chris verschwunden.

---

**along the shore** am Ufer
**get you** dich fangen

"Where did he go?", rief Ciara Britta zu.
Britta zuckte mit den Schultern. "I don't know." Sie deutete auf einen größeren Busch. "He went **that way**."
"Let's go look."
Die Mädchen stiegen das kurze Stück hinauf, aber Chris war nirgends zu sehen.
"Chris?", rief Britta. "Where are you?"
Keine Antwort.
"Chris?", schrie Britta panisch. "Chris, this is *not* **funny**. **Where the hell** ..."
"I'm here", antwortete da ihr Cousin ein paar Schritte unter ihnen. "Come down, I've found something."

Zögernd kletterten Britta und Ciara hinunter. Das war doch sicher eine Falle. Chris stand breitbeinig da und machte eine triumphierende Miene.
"Ta-da!", machte er und schob ein paar dichte Zweige zur Seite. Ein dunkles Loch gähnte ihnen entgegen.
"What's that?", fragte Britta.
"What does it look like?", gab Chris zurück.
"A **hole**?", riet Britta.
"A **cave**", sagte Ciara.

---

**that way** da entlang
**funny** lustig
**Where the hell** Wo zum Teufel
**hole** Loch
**cave** Höhle

"Yes, a cave", rief Chris enthusiastisch. "Let's go **check it out**."
Britta und Ciara warfen sich einen fragenden Blick zu. Die Irin zuckte mit den Achseln und meinte: "At least let's have a look", und folgte Chris. Britta kroch mit einem flauen Gefühl im Magen hinterher.
Der anfangs enge Gang wurde bald breiter und höher, sodass sie gut stehen konnten. Chris, der seine Taschenlampe mitgebracht hatte, leuchtete den Weg aus. Zu ihrer großen Überraschung begann nach ein paar Metern ein Steinboden.
"A smugglers' cave", sagte Ciara.

---

**check it out** erforschen

"Maybe more like an **escape route**", meinte Chris. "I'm sure it's **connected** to the secret passage in the castle."
"That's possible", gab Ciara zu. "They could've got out of the castle without being seen from the outside."
"And they had a boat somewhere that they used for the **trip across** the lake", ergänzte Britta.
"The boat", sagte Chris und schlug sich an die Stirn. "Of course."
Britta und Ciara schauten ihn fragend an.
"We saw this boat last night, but they didn't bring it with them. So they must have **stored** it here in the cave."



"But the entrance is much too **narrow** for a boat", widersprach Britta.
"Then there must be another entrance", schlussfolgerte Chris. "**Nearer** to the water."
Sie gingen tiefer in die Höhle hinein, fanden tatsächlich nach einigen Metern eine Abzweigung, die eine Weile geradeaus führte, dann jedoch deutlich nach unten.

---

**escape route** Fluchtweg
**connected** verbunden
**trip** Fahrt
**across** über
**stored** gelagert, aufbewahrt
**narrow** eng
**nearer** näher

"I'm sure if we go this way, we'll find the boat", sagte Chris zufrieden und lief voran.
"Wait", sagte Britta da.
"What?", fragte Chris ungeduldig.
"Can't you hear that?" Britta hielt den Kopf schief. Chris und Ciara lauschten.
Ganz leise drang ein Ton zu ihnen. Er war undefinierbar, aber er war vorhanden.
"Could be *the* noise", flüsterte Britta.
Sie diskutierten kurz, welchen Weg sie verfolgen sollten, und einigten sich schließlich darauf, dass sie erst einmal dem Geräusch auf die Spur kommen wollten.
Je näher sie kamen, desto furchtbarer klang es. Es war eine Mischung aus Jaulen, Krächzen, Jammern und lautem Schnaufen.
"It's horrible, **whatever** it is", sagte Britta leise.
Chris nickte nur.
"Let's go back. I don't want to know." Britta hatte sich entschieden. Genug der Herumschnüffelei, sie wollte ihre beiden letzten Tage am Loch Mor noch genießen.
"Wait", sagte Ciara und hielt sie am Ärmel fest. "I know this sound."
Britta und Chris schauten sie erwartungsvoll an.
"It's a **piper**", sagte Ciara und lachte.

---

**whatever** was auch immer
**piper** Dudelsackspieler

# Der Dudelsackspieler

“A piper?”, fragte Chris ungläubig. “But it sounds awful.” Er verzog das Gesicht. “I’ve always liked **bagpipes** music **up to now**.”
Ciara zuckte mit der Schulter. “I don’t know who’s playing, but I’m pretty sure. Listen …”
Sie lauschten und schlichen sich dabei Schritt für Schritt näher. Da war ein Brummen, das entstand, wenn man einen Dudelsack mit Luft füllte. Dieser Ton war recht angenehm. Doch dann folgte ein Lärm, den man nicht einmal mit gutem Willen Musik nennen konnte.



“Look at this”, rief Chris nach einiger Zeit und zeigte um sich. “Looks **familiar**.”
Tatsächlich fanden sie sich plötzlich im Schlosskeller wieder. Chris lachte triumphierend und sagte: “I knew it was connected.”
Der Dudelsackspieler machte eine Pause, sodass Chris’ Stimme plötzlich laut durch das Kellergewölbe hallte.
“Who’s there?”, fragte eine jugendliche Stimme.
“I know that voice”, flüsterte Ciara sofort.
“It’s Mike”, stimmte Britta zu.

---

**bagpipes** Dudelsack
**up to now** bis jetzt
**familiar** vertraut

Sie gingen ein paar Schritte weiter und stießen tatsächlich auf den walisischen Jungen mit einem Dudelsack unter dem Arm.
"What are you doing here?", wollte Chris wissen.
Mike wand sich erst ein bisschen, aber da sie ihn sozusagen auf frischer Tat ertappt hatten, half alles Leugnen nichts.
"I'm trying to learn how to play the bagpipes", sagte er kleinlaut.
Britta wollte etwas Hämisches sagen, schluckte es dann aber doch herunter. Obwohl Mike ein furchtbarer Angeber war, hatte er das nicht verdient.
"Why are you playing down here in the cellar?", wollte Ciara wissen, obwohl die Antwort doch eigentlich naheliegend war. Und tatsächlich war vor allem Achselzucken Mikes Reaktion.
"Isn't there anyone who can teach you?", wollte Britta wissen.
"My brother", erwiderte Mike und legte den Dudelsack vorsichtig auf eine Decke, wo er mit einem gequietschten Seufzer in sich zusammensank. "But he's really good at it, and he's so **impatient**." Er wischte sich über die Nase. "I **guess I'm not meant** to play the bagpipes", sagte er jammernd.

---

**impatient** ungeduldig
**guess** vermute
**I'm not meant** ich bin nicht dafür bestimmt

"But if you don't like it, why are you trying to play them?", fragte Britta.
Mike verzog das Gesicht. "You don't know my family. All the men are great pipers. My great grandfather, my grandfather, my dad and all my brothers. I'm the only one who can't play this stupid thing."
Er holte mit dem Fuß aus und wollte offensichtlich den Dudelsack treten, stampfte dann aber doch nur auf dem Boden auf.
"It must be pretty **hard** to play", sagte Ciara.
"**You bet**", erwiderte Mike und für einen Moment kam seine Arroganz wieder zum Vorschein. Doch dann schien er sich bewusst zu werden, dass er ja auch nicht Dudelsack spielen konnte, und sank in sich zusammen wie eben noch der Dudelsack. "It's **awfully** hard to play. I just can't do it."
"Then leave it", schlug Chris vor. "Tell your family you don't want to." Für ihn war die Sache klar.
Mike lachte bitter. "You don't know my family", rief er. "They'd never **accept** it."
"Have you **ever** tried to tell them?", fragte Ciara.
Mike schüttelte nur den Kopf. "I know they wouldn't accept it", wiederholte er störrisch.



---

**hard** schwierig
**You bet.** Und ob! Darauf kannst du Gift nehmen!
**awfully** furchtbar, sehr
**accept** akzeptieren
**ever** jemals

"You can't know if you've never tried", sagte Chris.
Britta hatte plötzlich eine ganz andere Idee.
"That noise we've been hearing during the night, that was you", sagte sie.
Mike nickte. "Yes, I thought if I went into the cellar nobody would hear or see me. I guess the walls aren't as **thick** as I thought."
"*That's* why we couldn't hear anything the night we went down here", schloss Chris daraus.
"But we *did* hear something, don't you **remember**?", sagte Britta. "It was **louder than ever**."
Zu ihrer Verwunderung begann Mike zu lachen.
"What's so funny?", wollte Chris wissen.
"I'm sorry", japste Mike und hielt sich die Seiten. "When you told us about the noise you'd heard, I guessed it was me playing down in the cellar. I played at night, since I couldn't during the day. So then I wanted to scare you, so you'd stop looking for ghosts."
"But how did you do it?", fragte Britta. Sie wusste nicht, ob sie lachen oder sich ärgern sollte.
"I **taped myself** playing", erklärte Mike, "and put the **recorder** under one of the chairs in the library."



---

**thick** dick
**remember** sich erinnern
**louder than ever** lauter denn je
**taped myself** habe mich aufgenommen
**recorder** Kassettenrekorder

Er schüttelte den Kopf, als könne er es selbst nicht fassen. "It was **risky**, since I didn't know if it would work, but as we know, it worked perfectly."
"Hm", machte Britta. "All this **effort** just to play an instrument you don't like?"
"I know it's stupid", gab Mike zu, und zum ersten Mal wirkte er richtig sympathisch. "I didn't really think about it. I just did it."
Das konnte Britta nun gut nachvollziehen. Sie hatten ja auch nicht gerade logisch gehandelt, sondern waren mitten in der Nacht einem seltsamen Geräusch hinterhergejagt.
"That's why you knew about the secret door", sagte Ciara.
"I didn't know about the secret door at first, it was more of a **coincidence**", versuchte Mike sich zu verteidigen. "The usual way to get down here is through the kitchen. But even that's hard to find", sagte er.
Britta erinnerte sich an die Nacht, als sie mit Ciara in der Küche gestanden hatte. Gordon war aus einem Nebenraum gekommen. Ciara schien dasselbe zu denken, denn sie sagte: "The **pantry**."
Mike nickte, aber Britta wusste mit dem Wort nichts



---

**risky** riskant
**effort** Aufwand
**coincidence** Zufall
**pantry** Speisekammer

anzufangen. Hilfe suchend blickte sie zu Chris. "Uhm", sagte der und dachte nach. "I can't remember the German word **right now**."
"It's where you **store** food that doesn't need **to be kept cold**", sprang Ciara ein. "Like rice, pasta and potatoes."
Britta ging ein Licht auf. "Vorratsraum?", wandte sie sich an Chris, der ja als Einziger Deutsch verstand. Er nickte.
"Pantry?", wiederholte Britta fragend und versuchte sich das neue Wort zu merken. Alle nickten.
Mike sagte: "Yes, the stairs to the cellar start at the pantry. I was here last year, and that's when I found out about the secret door. There were other kids here as well, and we played hide and seek. I went downstairs, because I was sure nobody would find me there, but I took the wrong stairs back. I found myself standing in front of a wall and couldn't find **a way through**." Er schnaufte schwer. "I **panicked** and **hit** the wall. I must have hit the mechanism **accidentally**."



---

**right now** im Moment
**store** lagern
**to be kept cold** gekühlt zu werden
**a way through** einen Weg hindurch
**panicked** habe Panik bekommen
**hit** schlug gegen
**accidentally** zufällig

"And then **you found yourself** in the library", sagte Chris.
"Yes. **Thank God** it was empty." Mike lachte. "Imagine people's **expressions** if the **shelf suddenly swings open** and a boy comes running out."
Die anderen lachten mit.
"Do you want to **keep playing**, or do you want to come with us?", fragte Chris und deutete auf den Dudelsack. "We still have a **puzzle to solve**."
Britta und Chris erzählten ihm von ihrem nächtlichem Abenteuer.
"It wasn't you, was it?", fragte Ciara vorsichtshalber nach.

Mike schüttelte heftig den Kopf. "No, that wasn't me. I'd never leave the house in the middle of the night."
"Well, it's quite brave to go to the cellar in the middle of the night", sagte Chris. "**After all**, this house is haunted, says Alistair."

---

**you found yourself** *hier:* warst du plötzlich
**Thank God** Gott sei Dank, zum Glück
**expressions** Gesichtsausdrücke
**shelf** Regal
**suddenly** plötzlich
**swings open** aufschwingt
**keep playing** weiterspielen
**puzzle** Rätsel
**to solve** zu lösen
**after all** schließlich

“Nonsense”, erwiderte Mike. “There are no ghosts. That’s just stupid **superstition**.”
“Well, *we* thought the noise was coming from a ghost, and *we*’re not stupid”, sagte Britta.
“Then let’s go look for the ghost – or whatever it is”, schlug Mike vor.



---

**superstition** Aberglauben

# Noch mehr Dudelsäcke

Als sie in der Küche auftauchten, gab es erstaunte Gesichter bei den Angestellten, aber Mike rief ihnen etwas zu, was Britta nicht verstand, und alle lachten. Sie gingen in die Bibliothek, um das weitere Vorgehen zu besprechen. Doch zu ihrer großen Überraschung saß dort Gordon in einem der Sessel und heulte wie ein Schlosshund.

"What's wrong?", fragte Ciara.

"'salover", schniefte Gordon.

Die vier blickten sich ratlos an. "It's all **over**?", formte Ciara fragend mit dem Mund. Keiner war sich sicher.



"What's over?", hakte Mike nach.

"The game", sagte Gordon.

"Gordon", sagte Chris genervt. "**Don't make us drag it out of you**."

Das hatte einen Heulanfall von Gordon zur Folge. Ciara gab ihm ein Papiertaschentuch, in das er sich trompetend schnäuzte, und ein zweites, mit dem er über seine Augen wischte.

"Ssanks", murmelte er und blickte mit roten Augen in die Runde.

---

**over** vorbei

**Don't make us drag it out of you.** Zwing uns nicht, es dir aus der Nase zu ziehen.

"What's wrong?", wiederholte Ciara ihre Frage. "Tell us."
Gordon schnaufte heftig und ließ schließlich einen Schwall auf sie los. Britta verstand nur Bahnhof. Chris schien das zu merken, denn er sagte: "Could you please **slow down**? I can't understand what you're saying. – Sorry, I'**m not used to** your accent."
Britta warf ihrem Cousin einen dankbaren Blick zu.
Gordon begann erneut: "It was all **for nothing**. The training, the **trip**, everything."
Obwohl keiner verstand, wovon Gordon eigentlich redete, fragte Mike: "Why? Why was it for nothing?"
"They've disappeared. Someone **stole** them."
Große Fragezeichen standen auf den Gesichtern der anderen Kinder.
"Stole what?", wollte Ciara wissen.
"The bagpipes", sagte Gordon in einem Ton, als wäre das das Selbstverständlichste auf der Welt.
"The bagpipes?", fragte Britta überrascht. Drehte sich denn plötzlich alles nur noch um Dudelsäcke?
"Yes. Someone stole our bagpipes. We can't play

---

**slow down** langsamer sprechen
**am not used to** bin nicht gewöhnt an
**for nothing** umsonst
**trip** Reise
**stole** hat … gestohlen

tomorrow. And we were so sure we'd win **first prize**."

Mit wiederholtem Nachfragen kam schließlich die ganze Geschichte heraus: Die Dudelsäcke des amerikanischen Teams waren verschwunden. Man hatte den Pipers aus den USA die größten Chancen auf den Gewinn eingeräumt, aber dieser Traum war jetzt ausgeträumt, denn ohne Dudelsäcke kein Spiel und ohne Spiel kein Sieg.

"Couldn't you use other bagpipes?", fragte Britta.

"Are you crazy?", fuhr Gordon sie an. "Sorry", fügte er sofort hinzu. "Sorry, I didn't mean that."

"That's okay", sagte Britta.



"It's hard to play on **someone else's** instrument", erklärte Mike. "Every instrument is **different**, and **it takes** a lot of time to **get used to it**."

"Aha", sagte Britta, obwohl sie kein Wort verstand.

"Can we do something to help?", fragte Chris.

Gordon schüttelte betrübt den Kopf. "I don't think so. Everyone on the team **has been searching all** day."

---

**first prize** den ersten Preis
**someone else's** von jemand anderem
**different** anders
**it takes** man braucht
**get used to it** sich daran zu gewöhnen
**has been searching** hat ... gesucht
**all** *hier:* den ganzen

"Where did you keep them?", fragte Ciara. "I mean, how could they get stolen?"
"Ours are in a **special closet** with a special **lock**. It's in one of the **sheds** behind the house", erklärte Mike.
Gordon nickte. "They were there yesterday evening. I **was supposed to check** before I went to bed." Der Gedanke daran löste eine neue Tränenflut aus.
"And this morning?"
Gordon zuckte mit den Schultern. "Don't know. Someone else **was on duty**. I just know they weren't there when they wanted to start their **rehearsal**."
Britta starrte Gordon nachdenklich an. Das konnte doch kein Zufall sein, oder? Und wenn sie es genau überlegte, gab es eigentlich nur diese eine Möglichkeit. Sie zog Chris am Ärmel, um seine Aufmerksamkeit zu erlangen. Als er sie ansah, winkte sie ihn zur Bibliothek hinaus. Er wollte erst nicht, kam dann aber doch mit.



---

**special** besonderen
**closet** Schrank
**lock** Schloss
**sheds** Schuppen
**was supposed to** sollte
**check** kontrollieren
**was on duty** war dran
**rehearsal** Probe

"We need to help him", sagte er vorwurfsvoll.
"That's why I need to talk to you", erklärte Britta. "Could last night's bundle have been bagpipes?", fragte sie vorsichtig.
Chris schaute sie an, als sei sie von allen guten Geistern verlassen.
"Think about it", bat Britta eindringlich. "Remember how Mike's bagpipes sound, and **compare** it to the noise we heard last night."
Chris dachte kurz nach, schüttelte dann den Kopf. "No."
"Things sound different at night", gab Britta nicht auf. "Think about ..." Sie suchte nach einem guten Beispiel. "Think of anything", sagte sie schließlich. "Everything sounds much louder at night because it's so quiet."
"That's right", gab Chris widerwillig zu. "But the noise last night was different from Mike's playing."
"I'm not so sure about that", widersprach Britta und hielt ihren Cousin fest, der Anstalten machte in die Bibliothek zurückzukehren. "We thought we heard someone screaming, or kittens crying. Mike's bagpipes sound almost like a **tortured** cat."
Allmählich schien Chris sich überzeugen lassen zu wollen. Nachdenklich sagte er: "Well, if you



---

**compare** vergleich
**tortured** gequälte

**consider** that we were in the woods, and Mike was in the cave, it could be possible."
Britta nickte begeistert.
"You know what that means?", bremste Chris ihren Eifer.
Britta schaute ihn fragend an.
"They'**ve dropped them** into the lake", sagte Chris.
"Oh no", stöhnte Britta, als sie sich an das Boot erinnerte.
"We can't tell Gordon", sagte Chris.
"But we need to do something. It's not fair to **steal** their bagpipes", meinte Britta.
"What shall we do? **Dive** into the lake and search for them?"
"No, of course not", gab Britta widerwillig zu. "Let's go tell Alistair."
Chris schaute sie erstaunt an. "I thought you didn't like him."
Britta zuckte die Achseln. "Ciara said he's nice, and I trust her."
"Okay, let's do it then", stimmte Chris zu. "Shall we tell them?", fragte er und deutete auf die Bibliothekstür.

---

**consider** berücksichtigen
**have dropped them** haben sie hineingeworfen
**steal** klauen, stehlen
**dive** tauchen

Britta schüttelte den Kopf. "Better not. I don't want to **disappoint** Gordon."
Sie machten sich auf die Suche nach Alistair, was gar nicht so einfach war, denn das gesamte Hotel war in Aufruhr wegen der verschwundenen Dudelsäcke. Jeder, den sie fragten, ob er vielleicht Alistair gesehen habe, schüttelte nur den Kopf. Erschöpft ließen sie sich nach einer halben Stunde Suchens im Garten auf den Boden fallen.
"We need **to get the others to help us**", sagte Chris.
Britta sah ein, dass er recht hatte. Sie liefen in die Bibliothek, wo die anderen immer noch versuchten Gordon zu trösten. Als sie ihnen von Brittas Überlegungen erzählten, stimmten sofort alle zu, dass das die einzig mögliche Lösung war.
"But we'll never get them", heulte Gordon auf, als er erfuhr, dass die Männer das Bündel in den See geworfen hatten.
"At least we could find out who did it", sagte Britta. "Don't you want to know?"
Gordon gab einen letzten Schniefer von sich, wischte noch einmal mit dem Ärmel über sein verheultes Gesicht und sagte: "Yes, I *do* want to know. Let's go."



---

**disappoint** enttäuschen
**to get the others to help us** die anderen dazu bringen, uns zu helfen

# Die Suche

Alistair war nicht zu finden, dafür aber der Mann, den Britta und Chris zwei Abende zuvor im Garten mit ihm gesehen hatten.
“I don’t know if we can trust him”, flüsterte Britta. Sie berichteten kurz über den Vorfall im Garten.
“Why didn’t you tell us before?”, sagte Mike vorwurfsvoll, aber Ciara meinte nur, das sei doch jetzt nebensächlich. “He looks nice”, sagte sie, woraufhin Chris die Augen verdrehte.
“She thinks everyone’s nice”, flüsterte er Britta zu. “Not very **trustworthy**.”
Aber Britta verteidigte die Freundin. “I’m sure she’s right”, flüsterte sie zurück.
“I’ll ask him if he knows where Alistair is”, beschloss Ciara und ging auf den Mann zu. Sie redete eine Weile mit ihm, während er abwechselnd den Kopf schüttelte, dann wieder zustimmend nickte. Britta konnte nur immer wieder ein leises “Aye” hören.
“His name is Ian. I think we can trust him”, rief Ciara den anderen zu und winkte sie heran. “Tell him”, forderte sie Britta auf. Aber Britta war von dem Mann eingeschüchtert. Was, wenn er Fragen stellte, die sie dann nicht verstand? Sie schüttelte den Kopf und stupste Chris an.

---

**trustworthy** vertrauenswürdig

"It's *your* **theory**", zischte er, aber Britta sah ihn bittend an, und er ließ sich schließlich erweichen. Ruhig und geduldig hörte Ian sich die Geschichte an, die Chris ihm erzählte. Tatsächlich sagte er immer wieder etwas, aber so sehr sich Britta auch anstrengte, sie verstand kein Wort. Sprach der Typ Chinesisch?

"What did he say?", wollte sie von Ciara wissen.

"**As far as I could understand**, he said it was pretty **courageous** to go into the woods in the middle of the night." Sie seufzte.

"What's the matter?", fragte Britta.

"He's got quite **a heavy brogue**", erwiderte Ciara.



"He's got what?"

"A heavy brogue", wiederholte Ciara. "Uhm, I mean, a strong accent. I can hardly understand him."

Britta war beruhigt. Wenn nicht mal Ciara den Mann richtig verstand, musste sie sich keine Sorgen machen. Und dabei hatte sie sich eingebildet, schon richtig gut Englisch zu können. Aber das galt offensichtlich nur für London, nicht für das schottische Hochland.

---

**theory** Theorie
**As far as I could understand** Soweit ich das verstehen konnte
**courageous** mutig
**What's the matter?** Was ist los?
**a heavy brogue** ein starker Akzent

Ian und die Jungs redeten miteinander, während Ciara das Wichtigste für Britta zusammenfasste: "He's asking them if we know who sneaked through the woods the other night. – They're **discussing several** plans to find these guys."
"But we need to find the bagpipes", rief Britta.
"I thought they were in the lake."
"Yes, you're right. I forgot", gab Britta kleinlaut zu.
"Ian wants you and Chris to show him where you saw them go."
"Oh", machte Britta. Damit hatte sie nicht gerechnet. Ihr war nicht wohl dabei, noch einmal durch den dunklen Wald zu gehen, nicht einmal bei Tageslicht, nicht einmal in Begleitung ihrer Freunde und Ian. Aber sie sah ein, dass sie und Chris die Einzigen waren, die den Weg kannten, es blieb ihr also nichts anderes übrig. Auf keinen Fall würde sie Chris alleine lassen.
"Okay", seufzte sie. "Let's go."
"I think we should start at the hotel, since I'm not sure which way they took from here", schlug Chris vor.
Sie gingen zum Hotel zurück, wo sich Britta und Chris kurz beratschlagten. Sie hatten nicht wirklich auf den Weg geachtet, waren einfach den Lichtern



---

**discussing** diskutieren
**several** verschiedene, mehrere

und Lauten gefolgt. Aber prinzipiell mussten sie sich nur Richtung Loch Mor halten, dann würden sie früher oder später an dem Trampelpfad landen.
Britta und Chris gingen langsam vor, die anderen folgten. Von Gordon war immer mal wieder ein Schluchzer zu hören. Er hatte die Hoffnung längst aufgegeben.
"I think it was more to the left", sagte Chris.
"I'm not sure, but I think it's more to the right", widersprach Britta. "Let's try this direction." Sie deutete nach rechts. "If it's wrong, we can always come back and go **the other way**."
Dagegen konnte Chris nichts sagen, also gingen sie alle nach rechts. Nach einer Weile gab Chris zu, dass sie auf dem richtigen Weg waren. Doch schon ein paar Meter weiter waren sie sich wieder uneins.
"Wait", sagte Ian.
Sie blieben stehen. Ian redete weiter, aber Britta konnte nur einzelne Wörter aufschnappen – immerhin.
"... **no sense** ... search ... **danger** ..."
Bevor sie Ciara fragen konnte, kam ihr diese schon zur Hilfe: "He thinks it doesn't make sense for all of us to search, and he thinks it's too **dangerous** for us



---

**the other way** in die andere Richtung
**no sense** keinen Sinn
**danger** Gefahr
**dangerous** gefährlich

kids." Letzteres sagte sie verächtlich, als würde sie das lächerlich finden. "So he wants to get Alistair and some other grown-ups and search with them."
Britta hatte jedoch nichts dagegen, die Suche abbrechen zu müssen. Das war alles ziemlich unheimlich, und im Nachhinein betrachtet war es bodenloser Leichtsinn von ihr und Chris gewesen, mitten in der Nacht durch einen stockdunklen Wald zu gehen.
Die Jungs waren nicht so leicht zu überzeugen, aber Ian sprach ein Machtwort und trieb sie zurück Richtung Haus. Sie versammelten sich wie üblich in der Bibliothek, die von den Erwachsenen kaum benutzt zu werden schien, und diskutierten den Fall.
"They'll say it was my **fault**", heulte Gordon. 
"But you said they were there last night when you checked", widersprach Chris.
"Yes", schniefte Gordon. "But it's always my fault. I'm a **loser**."
"That's **ridiculous**", fauchte Ciara. "Don't say that. Nobody's a loser. And it's not *your* fault that those stupid bagpipes got stolen."
"I know", flüsterte Gordon, dennoch konnte das seine Tränenflut nicht stoppen.
"Baby", murmelte Mike, was ihm einen Tritt von Britta einbrachte.

---

**fault** Schuld
**loser** Versager
**ridiculous** lächerlich

"Don't be nasty", sagte sie leise.
Doch bevor sie richtig zu streiten beginnen konnten, öffnete sich die Tür und eine Hausangestellte kam mit einem riesigen Tablett herein.
"I was told there's someone here who might need a hot chocolate and **a piece of** cake", sagte sie und stellte das Tablett ab.
Gordons Tränenflut versiegte sofort angesichts der Leckereien auf den Tellern. Die nächsten Minuten verrannen schweigend, wenn man von den Geräuschen absah, die fünf hungrige Münder beim Kauen und Schlucken verursachten.
Als der Kakao ausgetrunken und die letzten Krümel verputzt waren, sagte Mike. "It's been more than an hour now. I'm **curious** if they found anything."
"Me too", bestätigte Chris.
Wie auf Kommando wurde die Tür aufgerissen und Tommy stürmte herein.
"They found them, they found them", rief er aufgeregt.
Gordon sprang auf.
"Where, what, how?" Er war völlig aus dem Häuschen.
"**Calm down**, boy", sagte eine tiefe Stimme. Alistair betrat die Bibliothek, gefolgt von Ian und – Brit-



---

**a piece of** ein Stück
**curious** neugierig
**calm down** beruhige dich

ta duckte sich in ihren Sessel – Tante Anja. Au weia, das gab sicher eine Moralpredigt, von wegen nachts das Haus verlassen und so. Aber zunächst einmal bestätigte Alistair, dass sie die Dudelsäcke gefunden hatten.

"We found the bagpipes in a hole not far from the **spot** where you **last** saw them", erklärte er. "You thought they had gone down to the lake but **in fact**, they had turned right. The hole was not very **deep** and was **covered** by some blankets and a lot of branches and leaves."

"But ...", begann Britta, aber sie kam nicht dazu, ihre Frage zu stellen, denn Freudengeheul drang durch die Bibliothek. Gordon tanzte durch den Raum und sang: "They found them, they found them."

Die anderen ließen sich davon anstecken und auch Britta hielt es nicht lange in ihrem Sessel. Allerdings war da noch die Frage, wer in dieser Nacht mit dem Boot auf den Loch Mor hinausgefahren war und was sie ins Wasser geworfen hatten.



---

**spot** Stelle
**last** zuletzt, zum letzten Mal
**in fact** in Wirklichkeit
**deep** tief
**covered** bedeckt

# Die Täter

Es dauerte lange, bis sich die Stimmung in der Bibliothek beruhigt hatte. Die Nachricht hatte sich in Windeseile herumgesprochen, und bald war der Raum vollgestopft mit Leuten. Jeder wollte die Geschichte hören. Die Frage, die alle am meisten interessierte, war aber natürlich: Wer waren die Übeltäter?
Alistair fragte Britta und Chris wieder und wieder nach den Details dieser Nacht, aber sie konnten immer nur wiederholen, dass sie zwar Stimmen gehört hatten, auch mal Gelächter und Flüche, aber nichts, womit man etwas anfangen könnte.
"It could've been ghosts, if you ask me", erklärte Chris schließlich entnervt.
Alistair nahm den Einwurf sehr ernst. "It could have", stimmte er zu. "However, we have only one ghost here at the castle and she never leaves it."
"That's ridiculous", zischte jemand im Hintergrund. "There are no ghosts." Dennoch herrschte für einen Moment betroffenes Schweigen. Offenbar kannten alle die Geschichte von dem ertrunkenen Mädchen.
"Okay", sagte Alistair schließlich in die Stille hinein. "Since nobody has **confessed yet**, we need **another**



---

**confessed** gestanden
**yet** bisher
**another** einen anderen

way to find out who did it." Er warf einen letzten warnenden Blick in die Runde und verließ dann die Bibliothek.

Die Leute diskutierten noch eine Weile, aber man drehte sich mit den Vermutungen immer nur im Kreis, und deshalb leerte sich der Raum nach und nach. Schließlich blieben nur die fünf Freunde übrig.

"And now?", wollte Ciara wissen.

Gordon zuckte die Achseln. "I don't know. I think **the most important thing** is that we have them back."

"But don't you want to know who did it?", hakte Ciara nach.



"Yeah, sure", stimmte Gordon zu. "But it's more important that they'll be able to play tomorrow."

"They'll find them", sagte Britta tröstend. "They **must have left** lots of ... Spuren?", wandte sie sich Hilfe suchend an Chris.

"Evidence", kam Ciara ihm zuvor. Und als Britta sie erstaunt anblickte, fügte sie hinzu: "No, I didn't learn German overnight, it was just **obvious** what you wanted to say."

"Okay, they must have left lots of evidence", wiederholte Britta.

---

**the most important thing** das Wichtigste
**must have left** müssen ... hinterlassen haben
**obvious** offensichtlich, klar

"What about the blanket Alistair **mentioned**?", warf Mike ein. "This should give us a **clue** where to start."
"Us?", fragte Chris.
"Sure. Don't you want to find out?"
Chris zuckte mit der Schulter. "Sure", murmelte er.
"I think we should have a look at this blanket", schlug Britta vor.
"Okay, let's go", rief Mike und öffnete die Tür. Britta folgte ihm, doch die anderen zögerten noch. "Don't you think we should **bring this to an end**?", fragte er vorwurfsvoll.
Sie wussten nicht, wo Alistair die gefundenen Dudelsäcke gelagert hatte, wurden aber schnell fündig: Sie lagen, gut bewacht von einem der amerikanischen Athleten, ausgebreitet auf einer rot karierten Decke im Garten. 
"Great job", rief der Amerikaner, als er die Kinder entdeckte.
"Thanks", gab Mike zurück und streckte die Brust raus.
Der tut grad so, als ob er sie gefunden hätte, dachte Britta wütend. Aber sie sagte nichts.
"Is that the blanket they were **wrapped** in?", wollte Chris wissen und deutete auf die karierte Decke.

---

**mentioned** erwähnt hat
**clue** Hinweis
**bring this to an end** es zu Ende bringen
**wrapped** eingewickelt, eingehüllt

"**Nope**", erwiderte der Bewacher. "That's ours. I think the Scot has it."

"Do you know what it looked like?", fragte Mike. Britta wunderte sich, warum alle so an der Decke interessiert waren. Was konnte man daran schon erkennen? Aber es stellte sich schnell heraus, dass die Decke offensichtlich etwas Besonderes war. Zumindest trug sie ebenfalls ein kariertes Muster, wenn auch die Grundfarbe nicht Rot, sondern Blau war.

"That doesn't help", sagte Ciara, nachdem sie sich bedankt hatten. "Most blankets here are **checkered**."

"It could be the **plaid** that'll tell us who the **crooks** are", meinte Mike.



"I don't know." Gordon hatte Zweifel. "We've got them back, that's what **counts**."

"Ah, **come on**", neckte Mike. "You're just too **lazy** to look."

"I am *not* lazy!", rief Gordon, musste aber lachen. "Okay, I *am* lazy. And I'd love to find out who did

---

**Nope.** (*Umgangssprache*) Nö.
**checkered** kariert
**plaid** Stoff mit sogenanntem Tartanmuster (*schottischer Stoff*); *jeder schottische Clan hat sein eigenes Karo-Muster. So sind die Decken eindeutig ihren Besitzern zuzuordnen.*
**crooks** Gauner, Betrüger
**counts** zählt, wichtig ist
**come on** mach schon, komm schon
**lazy** faul

it, but I don't think we'll ever know." Er wandte sich Richtung Haus. "Anyway, I'm hungry."
"You just had three pieces of cake half an hour ago!", rief Ciara. "How can you always be thinking of food?"
Britta sah auf die Uhr. "It *is* lunchtime, so I guess we should go back", verkündete sie.
Schweigend gingen sie zurück zum Hotel und verabschiedeten sich mit einem "**See ya**" voneinander.
"Okay, **we have to face it now**", murmelte Chris, als sie gemeinsam die Treppe hinaufstiegen.
Britta wusste, was er meinte, und fand gleich darauf die Bestätigung: Tante Anja stand wartend vor ihrem Zimmer und winkte sie zu sich: "I think we need to talk", sagte sie streng.
Britta schloss die Tür hinter sich und machte sich auf ein Donnerwetter gefasst. Es war dann aber ganz harmlos. Tante Anja sagte ihnen nur klipp und klar, dass es zu gefährlich sei, nachts in dunklen Wäldern herumzuschleichen. Als wenn sie das nicht selbst wüssten.
"What am I supposed to tell your father if something happens to you? It looks like I'm not able to **watch out** for you", sagte sie zu Britta.



---

**See ya. (= See you)** Bis später.
**we have to face it now** *hier:* wir müssen uns dem jetzt stellen
**watch out** aufpassen

"I'm sorry", antwortete Britta und sie meinte es.
Chris dagegen war nicht so leicht von seiner Schuld zu überzeugen: "We're not babies anymore."
"Then **don't act** like a little baby", war alles, was seine Mutter darauf erwiderte.
Britta wusste, dass ihre Tante nicht wirklich wütend war, sondern nur aufgeregt, weil sie so eine Dummheit begangen hatten.
"**Don't you *ever* leave** the house during the night again", knurrte Tante Anja schließlich.
"We won't", versprach Chris.



---

**don't act** benimm dich nicht
**Don't you ever leave … (again)** Verlasst bloß nie (wieder)

# Highland Games

Nicht nur Britta und Chris hatten ein Donnerwetter gehört, auch ihre Freunde liefen am Nachmittag mit langen Gesichtern herum. Mike hatte sogar Hausarrest bekommen, was angesichts des schönen Wetters wirklich nicht fair war. Aus Solidarität blieben die anderen auch im Haus, nur Tommy konnte nicht davon abgehalten werden, zu seinen neuen Freunden, den Athleten, zu gehen.

"Let him go", sagte Chris. "At least he won't **get on our nerves**."

Sie spielten Brettspiele, lasen sich gegenseitig aus den alten Büchern in der Bibliothek vor und erzählten von zu Hause. Es wurde schnell klar, dass jedem etwas nicht passte, was sich ein anderer sehnlichst wünschte. Ciara ging ihre große Familie manchmal ziemlich auf die Nerven, während Britta so gerne eine richtige Familie gehabt hätte. Mike wurde mit den Erwartungen seiner Familie nicht fertig, während Gordon sich wünschte, seine Familie sei nicht immer so gleichgültig ihm gegenüber. Nur Chris schien einigermaßen zufrieden zu sein, was Britta nicht weiter verwunderte. Mit Tante Anja und Onkel Jonathan hatte er wirklich Glück, auch wenn es zwischendurch natürlich immer mal wieder Zoff gab.

---

**get on our nerves** uns auf die Nerven gehen

"Let's **keep in touch**", sagte Gordon. "You've all got e-mail, right?"
Alle bis auf Ciara nickten.
"You don't have e-mail?" Gordon konnte es nicht glauben.
"Well, we *do* have a computer", verteidigte Ciara sich. "But it's only for business."
"Maybe you can ask your parents if they'll let you use it", schlug Britta vor.
"Or you can go to an Internet café", sagte Mike.
"There aren't so many where I live. But I'll find a way", erwiderte Ciara. "And if you ever come to Ireland, I hope you'll **visit** me."



Der Abend kam, aber die Übeltäter waren noch immer nicht gefunden. Die Dudelsäcke waren Tagesgespräch im Hotel, doch obwohl beinahe alle Gäste bei der Suche nach den Dieben mitgeholfen hatten, war man nicht weitergekommen.
Als Britta im Bett lag, dachte sie jedoch nur noch daran, wie gut es war, dass die amerikanischen Pipers morgen am Wettkampf teilnehmen konnten.

Es summte und brummte am Wettkampfplatz vor Aufregung und Spannung. Der schottische Wettergott zeigte Verständnis und zauberte dicke Watte-

---

**keep in touch** in Kontakt bleiben
**visit** besuchen

bauschwolken an einen tiefblauen Himmel. Die Temperatur war perfekt.
Britta, Chris, Ciara und Gordon konnten ihre Aufregung kaum in Zaum halten, nur Mike sah etwas blass und übernächtigt aus.
“What’s wrong with you?”, wollte Chris wissen.
“Nothing”, murmelte Mike. “Just tired.”
“He’s lost his **security blanket**”, sagte ein junger Mann, der gerade an ihnen vorbeiging.
“What?”, fragten Gordon und Chris gleichzeitig.
“Forget him”, knurrte Mike schlecht gelaunt. “He’s just my **dumb** older brother.”
“The one who’s such a great piper?”, wollte Ciara wissen.
“No, he’s just good at throwing the caber. He’s got more **muscles** than **brain**”, sagte Mike verächtlich.
Das Thema Schmusedecke war schnell vergessen, denn die Spiele begannen. Der Hoteldirektor hielt eine Rede, der Präsident irgendeines Clubs hielt eine Rede, der Chief eines schottischen Clans hielt eine Rede.
“It’s so boring”, flüsterte Britta Ciara zu.
“Yes. Let’s look for a better place. I’d love to have a better view of the stone tossing.”



---

**security blanket** Schmusedecke
**dumb** blöd, dumm
**muscles** Muskeln
**brain** Gehirn

Sie sagten den Jungs Bescheid, die mitkamen. Aber es war gar nicht so einfach, einen guten Platz zu finden, denn natürlich hatten die Spiele jede Menge Leute aus der Umgebung angezogen.
"Let's go over there", schlug Chris vor und deutete auf eine winzige Lücke im Spalier der Menschen.
Während sie sich durch die Menge kämpften, hörten sie Wortfetzen von den Rednern: "... old tradition ... lovely **landscape** ... nice weather ... fair games ..."
Gordon entdeckte Alistair. "Look at him. He looks quite nice in his **kilt**", rief er.
"He's got nice legs", kicherte Ciara.
Sie liefen auf ihn und seinen Freund Ian zu, der jedoch keinen Kilt trug. Dafür hielt er eine blaukarierte Decke in der Hand.
"Is that the one?", fragte Gordon.
Doch bevor einer der beiden Männer antworten konnte, stöhnte Mike: "Oh no."
"What's wrong?", fragten Ciara und Britta wie aus einem Munde.
Mike stand nur da und starrte die Decke an.
"It's his security blanket", sagte Gordon plötzlich.
"Nonsense", fauchte Mike, aber es klang nicht sehr überzeugend.
"Is that true?", wollte Alistair wissen.



---

**landscape** Landschaft
**kilt** Schottenrock

Mike nickte nur.
"*You* did it?", schrie Gordon aufgebracht und wollte sich auf Mike werfen.
"Ho, ho", rief Ian und hielt Gordon zurück. "Wait a moment."
"It's your blanket?", fragte Alistair, woraufhin Mike noch einmal nickte.
"Did you steal and hide the bagpipes?"
Mike schüttelte heftig den Kopf. "I **swear** I didn't do it!", flüsterte er.
"I believe him", erklärte Britta. "Why would he use his own blanket?"
"You're right", stimmte Alistair zu. "But who did it then?"
Mike murmelte etwas.
"What did you say?", wollte Ciara wissen.
"My brother", wiederholte Mike leise. "He told me." Er war den Tränen nahe. "I swear I wasn't **involved**."
"We believe you", sagte Britta zu ihm, und die anderen stimmten zu, wenn auch eher halbherzig. Mikes arrogantes Auftreten war noch nicht vergessen.
"Thanks", flüsterte er.
Alistair und Ian berieten sich, woraufhin Ian die Decke nahm und verschwand.

---

**swear** schwöre
**involved** beteiligt

“Where’s he going?”, wollte Gordon wissen, der Mike noch immer nicht so richtig zu glauben schien.
“Just wait”, gab Alistair zur Antwort.
Sie beobachteten, wie Ian zu einem der Athleten ging, mit ihm redete und dabei immer wieder auf die Decke zeigte.
“Who’s that?”, fragte Chris.
“He’s our **team leader**”, sagte Mike.
Der walisische Teamleader schüttelte immer wieder den Kopf, aber Ian blieb hartnäckig. Er deutete in ihre Richtung, hielt dem Mann die Decke vors Gesicht und redete auf ihn ein. Schließlich nickte der Waliser, und man konnte sogar aus der Entfernung sehen, dass es ihm schwerfiel. Ian gab ihm die Hand und ging zum Präsidenten des lokalen Sportclubs. Dessen Reaktion war ähnlich wie die des walisischen Teamleaders: Erstaunen, ungläubiges Kopfschütteln, dann resignierte Zustimmung. Er wartete das Ende der aktuellen Rede ab und trat dann ans Mikrofon.
“Ladies and Gentlemen, I am awfully sorry to have to **announce** that the Welsh team will be **disqualified**.”
Überraschtes Gemurmel und erstaunte Rufe waren die Antwort.



---

**team leader** Gruppenleiter
**announce** mitteilen
**disqualified** disqualifiziert

“**It has come to my knowledge** that the Welsh team is **responsible** for the well-known **incident** …”
“God”, stöhnte Gordon. “Why do **Brits** always **avoid the issue**? Why doesn’t he just say that they stole the bagpipes?”
“It **was meant to be** a joke”, versuchte Mike sein Team zu verteidigen.
“A pretty stupid joke”, sagte Ciara.
Britta stimmte zu. “What they did wasn’t fair.”
“Yes, I know”, sagte Mike frustriert.
“Well, it may have a good side as well”, sagte Chris. Sie schauten ihn erstaunt an. Was war – bitte schön – an so einer Dummheit gut? Chris zuckte die Achseln. “I don’t know, but it might be a **chance** for Mike to tell the **truth** about his bagpiping.”
“I’ll come with you and talk to your parents”, sagte Alistair plötzlich. “You’re just not meant to play the bagpipes.” Er grinste.
“But … how … why?”, stotterte Mike, und auch die anderen schauten den Schotten verblüfft an.



---

**It has come to my knowledge** Ich habe erfahren,
**responsible** verantwortlich
**incident** Geschehnis, Zwischenfall
**Brits** (=*the British*) Briten
**avoid the issue** um den heißen Brei reden
**was meant to be** sollte … sein
**chance** Gelegenheit, Chance
**truth** Wahrheit

“Folks, you don’t really believe that I didn’t know what was going on here, do you?”
Britta fand ihre Sprache als Erste wieder: “You mean you knew about our night adventures?”
“Of course I knew about it”, erwiderte der Hausmeister.

# Doch ein Geist?

"I'm responsible for the **guests**, and I need to know where they are all the time", fuhr Alistair fort.

"So you also know about the secret door in the library?", fragte Gordon ungläubig.

"Of course I know about that door", bestätigte Alistair. "And I heard you playing in the cellar", wandte er sich an Mike. Seine Miene verriet, was er davon hielt.

"You did?", sagte Mike kleinlaut.

"I can come with you and **support** you", schlug der Schotte vor, aber Mike schüttelte den Kopf.

"No, I think that's something I need to do **by myself**."

"We'll be with you, at least **in thought**", sagte Ciara.

"Thanks, you're real friends", murmelte Mike.

"Hey, the games have started!", rief Britta, der die Gefühlsduselei auf die Nerven ging.

Tatsächlich hatten sie über ihrer Diskutiererei den Beginn der Spiele verpasst. Zu Chris' großer Überraschung sah er Tommy in einem echten Kilt beim schottischen Team.



---

**guests** Gäste
**support** unterstützen
**by myself** allein
**in thought** in Gedanken

"He's quite **talented**, your little brother", lachte Alistair.
"You trained him?"
"Well, it wasn't me", gab Alistair zu. "But one of my **mates**."
Natürlich war Tommy die Attraktion. Obwohl er den Stein, den er weit werfen sollte, kaum heben konnte, applaudierte und johlte das Publikum.
Für eine Weile vergaßen Britta und ihre Freunde Geräusche, Geheimgänge und Geister und hatten ihren Spaß bei den Hochlandspielen. Sogar Mike konnte sich darüber freuen, auch wenn sein Team nicht mehr dabei war.

Den krönenden Abschluss bildete der Wettbewerb der Pipes & **Drums**. Britta fand den Klang der Dudelsäcke zusammen mit den Trommeln wunderschön. Es war gar kein Vergleich zu dem, was Mike im Keller fabriziert hatte, geschweige denn zu den nächtlichen Geräuschen aus dem Bündel. Die Dudelsäcke ertönten harmonisch und erzeugten mit ihrem leicht weinerlichen Klang eine Gänsehaut. Es war ein angenehmes Gefühl.
Das amerikanische Team gewann den Pipes & Drums Wettbewerb, wie von Gordon prophezeit,

---

**talented** begabt
**mates** Kumpel
**drums** Trommeln

aber bei den athletischen Wettbewerben war das schottische Team nicht zu schlagen.
"Would have been a **shame**", knurrte Alistair, aber seiner Miene war anzusehen, dass er sich sehr über den Sieg freute.
Britta nahm sich ein Herz und sagte: "May I ask you a question?"
"Sure thing, **lass**", erwiderte der Schotte gut gelaunt.
"**The other night**", begann Britta und suchte nach den richtigen Worten. "The other night when we followed the Welsh team through the woods we thought they threw the bagpipes into the lake." Puh, sie war so aufgeregt, aber Alistair schien keine Probleme zu haben, sie zu verstehen. "We saw a boat, you know", fuhr sie also fort. "There were two people and they threw something into the lake. And there was this cry. We thought ..." Sie schwieg, denn allein die Erinnerung daran, was sie gedacht hatten, war furchtbar genug. Umso erstaunter war Britta, als Alistair schallend zu lachen begann.
"You thought ...?" Er konnte kaum reden vor lauter Lachen. "You thought ... – sorry, lass, sorry, but this is so funny."



---

**shame** Schande
**lass** Mädel (*schottisch*)
**the other night** in jener Nacht

Britta war ein wenig beleidigt, dass Alistair sie offensichtlich nicht ernst nahm. Doch der beruhigte sich und sagte: "Sorry again. It was us, Ian and me, you saw in the boat. We were fishing. Ian swears by fishing on a full moon night and that's what we were doing."
Chris, der zugehört hatte, platzte heraus: "So that's what you were talking about in the garden."
"**Hear, hear**", sagte Alistair erstaunt. "Looks like I *didn't* know where you were all the time."
Chris grinste stolz.
"It was the **fishing net** we threw into the water", erklärte Alistair. "We were quite **shocked** when we heard that awful sound. It was **as if** someone was being tortured." Auch er schüttelte sich leicht bei der Erinnerung an diese unheimliche Nacht.
"We thought someone was drowning kittens", gestand Britta leise.
"Well, you never know what some people will do, but I can **assure** you that won't happen here", sagte Alistair ernst. "But now, folks, let's forget all this and go **celebrate**."



---

**Hear, hear.** Hört, hört!
**fishing net** Fischernetz
**shocked** schockiert
**as if** als ob
**assure** versichern
**celebrate** feiern

Das ließen sie sich nicht lange sagen. Es wurde ein schöner Nachmittag und ein langer Abend mit schottischer Musik und schottischen Tänzen, die ihnen jetzt sogar Spaß machten. Die Gewinner der Spiele wurden geehrt und bekamen eine Medaille. Tommy konnte sich gar nicht sattsehen an seiner und zeigte sie jedem, der an ihrem Tisch vorbeikam, egal, ob er sie sehen wollte oder nicht.
"Look what I've got", sagte er stolz.
Die meisten lobten ihn und strichen ihm wohlwollend über den Kopf. Es gab ein kleines Theater, als seine Mutter darauf bestand, dass er um zehn zu Bett ging.
"Only if Chris comes with me", sagte er weinerlich. 
Chris ging also mit ihm und kam zurück, als Tommy tief und fest schlief.
Sie feierten fröhlich weiter, und so war es kurz nach Mitternacht, als Britta und Chris völlig aufgedreht in ihre Zimmer gingen.
"That was so much fun", sagte Britta und gähnte herzhaft.
"Yeah, even our night adventures", stimmte Chris zu.
Britta kicherte. "You almost sound like Gordon", sagte sie und äffte Chris nach: "Yeah."
Plötzlich blieb ihr Cousin stehen.
"What?"
"Someone's following us", flüsterte Chris.

"Nonsense", sagte Britta, die nur noch in ihr Bett wollte.

"I swear", beharrte Chris. "I just heard something."

"You're hearing ghosts", meinte Britta, doch dann blieb sie mit einem leisen Aufschrei stehen. Vor ihnen im Gang schwebte – ein Geist.

"But that's impossible", flüsterte sie und griff nach Chris' Hand.

"I know, but if you see what I see, it's a ghost", gab Chris leise zurück. Dann lachte er plötzlich.

"What now?", sagte Britta panisch. War Chris jetzt verrückt geworden?

"It's Tommy."



"Really?"

Chris nickte. "Look at his feet."

Britta schaute nach unten, und tatsächlich spitzten Tommys dunkelblaue Turnschuhe unter dem weißen Tuch hervor. Und wenn man genauer schaute, sah man auch, dass es sich um ein ordinäres Leintuch handelte.

"Let's **do him a favour**", sagte Britta.

Sie schrien laut auf, drehten sich um und liefen die Treppe hinunter.

"I am so afraid", rief Chris.

"Me too. I've never seen a ghost before", rief Britta.

Von oben war deutliches Gekicher zu hören.

---

**do him a favour** ihm einen Gefallen tun

Sie warteten ein paar Minuten, dann fragte Chris: “Do you think he’s gone?”
Britta nickte. Langsam stiegen sie die Treppe wieder hinauf. Die Luft war rein. Erleichtert gingen sie in ihre Zimmer.

Am nächsten Morgen saß Tommy kichernd am Frühstückstisch, aber wenn ihn jemand fragte, warum er so gut gelaunt war, sagte er nur, er freue sich über seine Medaille. Chris und Britta warfen sich einen verschwörerischen Blick zu.
Der Zeitpunkt des Abschieds rückte unerbittlich näher. Britta und Ciara umarmten sich, und Ciara wiederholte ihre Einladung.
“Don’t say it too often”, warnte Chris. “She might **actually** come.”
Aber Ciara sagte nur, sie würde sich wirklich freuen.
“See ya next year”, sagte Gordon, und auch Mike bedankte sich für die schönen Tage.
“**Don’t chase** too many ghosts”, gab Alistair ihnen mit auf den Weg. “They might **get frightened**.”



---

**actually** tatsächlich
**don’t chase** jagt nicht
**get frightened** Angst bekommen